深黄泉
怪談社禁忌録

伊計 翼

※本書は体験者および関係者に実際に取材した内容をもとに書き綴られた怪談集です。体験者の記憶と主観のもとに再現されたものであり、掲載するすべてを事実と認定するものではございません。あらかじめご了承ください。
※本書に登場する人物名は、様々な事情を考慮してすべて仮名にしてあります。また、作中に登場する体験者の記憶と体験当時の世相を鑑み、極力当時の様相を再現するよう心がけています。今日の見地においては若干耳慣れない言葉・表記が記載される場合がございますが、これらは差別・侮蔑を助長する意図に基づくものではございません。

本書は怪異を考察、調査して深読みした【深黄泉怪談】である。

世間一般的な考えのもと、ゆうれいや心霊の類を肯定している者は少ない。不思議な体験をしたとしても、不思議だったという感想のみで片付けられ、そのあとはゆっくりと記憶から消えていく。それでいいのだろうか——と思う。

人生というものは「なぜ」と「どうして」の連続だ。疑問を解決するのは難しいかもしれないが、抱えておくことで、あるとき合点がいくこともある。手放してしまったら、なかなか戻すことができない。記憶の奥に封じられる前に、脳ではなく、こころに焼きつけておけば、いつか答えが見えてくるかもしれない。

深読みして辿りつける場所があるなら、思考に価値はあると思う。

本書は説明できない怪異談をあえて分析、深読みする趣旨のもとつくられた。個人的に歴史書や伝承からの引用と例があまり好きではない。なぜなら、いくつかそのような例をだしている怪談本を読んで感じたのは、インテリぶってるとか、賢い感じに見せたいのかな、だったりしたからだ。しかし前回の『黄泉とき』をだした際に、同じことを書き、信念のもと怪談を怪談で読み解いていった。

ところがそれを読んだ方々から「読み解いていないじゃないか」とか「もっと深く考えたほうがいいんじゃないですかね」という貴重なご意見をいただき気づいた。私もまたインテリだと思われたいのだ。もっと賢い感じに見られたいのだ。

あたま悪くない、あたま賢いんだぞ——と。

それを証明すべく今回はいままでとは一線を画す仕上がりとなっている。はずだ。いや、なっている。どうだろう。どうですか？　いや大丈夫だ。ちょっと今日も調子が悪いのかもしれない。申しわけない限りだ。

今回は次の話にいくほどに恐怖度が高まっていき、しかも、この本、怖いだけじゃなく賢くなる気がする、この著者も賢い感じがする、と読んでいるひとが思ってしまう、深いつくりになっている。身もフタもないな、と思った方もいるだろう。まったくもってその通りだが私はやはり気にしない。

怪談で怪談を考察していただけの前回とは違い、今回は歴史だろうが知識だろうが個人的意見だろうが、もうごちゃ混ぜにして深読みさせてもらっている。余裕がなかったのではない。自分の理想に気づいただけだ。体験談を採用させてもらった方々に許可は得ているが、本書はお祓いを受けていない。なにかあったときには例のごとく、自己責任であることをお忘れなく。

深黄泉

怪談社禁忌録

目次

見たの

その日、Ｆさんは女医から整形の説明を受けていた。

普通の病院と違って、美容クリニックの女医や看護師は営業を任されているところもあり、まさにそのクリニックがそうだった。女医は料金が書かれたパンフレットを広げて、施術の流れと、いままでの事例をパソコンに映しながら説明する。

Ｆさんは頭のなかで予算と相談しながら、自分の希望や疑問を伝えていく。

「じゃあ、しばらくは、顔のここが腫れるんですか？」

「仕事するのに支障はないですかね？　しゃべりにくくなるとか」

女医はていねいに、整形の経験がないＦさんにもわかりやすく答えてくれた。

しかし、その視線に違和感を覚えた。

女医は説明しながら、基本的にはＦさんの目を見ているのだが、なぜかときどき目ではなく、Ｆさんのうしろに視線を送っていた。

だれかいるのかと思って振り返ったが、うしろには壁しかない。

なぜそんなにあらぬ方向を見るのか、疑問だった。

Ｆさんは「なんでそんなに、うしろを見るんですか?」と思いきって訊いた。

すると女医は「見たの」と答える。

それはわかっている、だから尋ねたんだと、Ｆさんは首をひねった。

女医はＦさんの不思議そうなようすを察して笑った。

「違う違う、ごめんなさい。わたしが見てたって意味じゃなくて。見たの。あなたの背中に隠れている男のひとが顔をだして――わたしをほうを見たの」

Ｆさんが心霊スポットにいった翌日の出来事だった。

経験上、医療関係者はスピリチュアルなものや心霊に興味があるひとが多い。占いが好きだったり、神社仏閣へ足を運んで参拝したりを日課としているひともいる。医療関係者は怪談が好きというと、死に近い職業だから医療関係者は……などと考えるひともいるかもしれないが、全員が死を目の当たりにする現場にいるワケではないし、霊を信じているワケでもない。ゆえにその考えは極端である。


さて、女医が霊能者のようなことをいってしまうこの話。

ポイントは、背中に憑いていた男は「なぜ女医のほうを見ていたのか」だろう。

実は、このFさんが前日にいった心霊スポットは廃病院だった。

もしも、なにかに反応して顔をだしたのなら、それは白衣に対してだったのかもしれない。同業者がいると思って見たのか、救いを求めるために見たのか、怨みを持っているから見たのか。視線の理由が知りたいところである。

違和感のある新居

ある夫婦が体験した話である。

コロナ禍に入る前、都心から離れたマンションにふたりは引っ越した。マンションは築三十年ほど経っていたが、モダンなデザインの部屋は一度もリフォームしていないという割にはきれいだった。広々としたリビングに静かな環境、シャンデリアを模した電灯にベランダからの景観。理想的な住居にふたりは満足していた。

引っ越して数週間が経ったころ。まず妻が違和感を覚えるようになった。

ひとりでリビングにいると背後に気配を感じることが何度もあった。うしろを振り返るが、もちろんだれもいない。不安になった妻は夫に違和感を訴えた。

「また、あの気配を感じたの。だれかいるみたいな感じ？　なんか怖くて」

「きっと、まだこの部屋に慣れていないだけだって。気にするなよ。大丈夫さ」

そういって笑った彼自身も、そのうち妙な気配を感じだした。

リビングでスマホを触っていると、うしろをだれかが通りすぎる感覚があった。

夫は不思議に思いながらも怖がらせないように、このことは妻にいわなかった。

深夜、ふたりがベッドで眠っていると突然、家のどこかから音が聞こえた。まるで子どもが、下手な口笛を吹いているような、か細く寂しげな音だ。

「なあ……これ、聞こえてるか？」

夫が尋ねると、妻は怯えた表情でうなずいた。

「どうしてこんな口笛が聞こえるの？　これ……外からじゃないよね？」

ふたりは口笛の出所を探したがわからなかった。窓は閉まっているしエアコンも電源を切っている。口笛はゆっくり消えていったが、夫婦の不安は消えなかった。

さらに数日後、廊下で足音が響くようになった。ちいさな音だったが近づいてくるような圧迫感がある。聞き間違いではないかと、ふたりは検証することにした。妻がリビングにいて耳をすませ、夫が廊下を歩く。いろいろな歩きかたで確かめたところ、いちばん近かったのは足を引きずって進む歩きかただった。

「聞こえた足音に似てるのは、その歩きかたなんだけど……それでも」

廊下からではない気がする――妻は真っ青な顔でそうつぶやいた。

夫は（むかしこの部屋でなにかあったのかも）と真剣に考えはじめた。

事故物件――過去の入居者が事件や事故で亡くなっている物件のことだ。そのなかには自殺、孤独死なども入るらしい。自分たちが住んでいるのが、まさにその事故物件ではないのかと、夫は管理会社に問いあわせることにした。

電話にでた担当者は、親身に話を聞いて物件を調べてくれた。

「調べましたが、そこでだれかが亡くなったということは一度もありませんでした」

「一度も？　じゃあ、どうして……」

「部屋の不備の報告も調べましたがありませんし、いままで住んでいたひとたちからの苦情もなかったようです。いったいどういうことなのか、見当もつきません」

異常は報告されていないと、いい切られてしまった。エレベーターで他の階の住人に逢ったときに聞いてみたが、だれも同じような経験をしている者はいなかった。

その夜、ふたりはついに決心して、音が聞こえたら即座に録音することにした。

そして深夜、あの口笛の音が静かに響いてきた。

夫がスマホの録音アプリを起動して記録しようとした瞬間、急に音がとまった。リビングの照明が明滅し、続いて廊下、バスルームのほうから足音が響いてきた。足音は次第に大きくなり、ふたりのいる寝室の付近でとまった。夫も妻も息を呑んで寝室のドアを見つめながら耳をすました。しかしそれ以上、音はしなかった。かわりに部屋中に冷たい空気が漂いはじめ、背筋が凍るような感覚に襲われた。

翌朝、ふたりは専門家に相談しようと、地元で評判のよい女性霊媒師に連絡をとった。部屋を訪れた霊媒師は祈祷をおこなうと、ふたりに淡々と説明した。

「この場所にはなにか強い念が残っています。このマンションが建つ前、この土地には古い家があったようです。その家のあるじは亡くなったあとも、この世への未練を抱いてこの土地にとどまり、結果、家の音や気配が残ってしまっているのです」

霊媒師は部屋の四隅にお祓いをほどこし、祈りを捧げた。

「これで、きっと落ちつくでしょう」

そういうと費用を受けとり、霊媒師は去っていった。

その晩、ふたりは平穏な夜を過ごせるかと期待した。夜が深まると、ときおり無意識に耳をすませてしまう。あの足音や口笛が再び聞こえてくるのではないかと怖かったが、いつの間にか眠ってしまった。

「……あなた、おきて」

妻の声で目を覚ました夫が耳にしたのは、部屋に近づいてくる足音だった。

不気味な気配や音に悩まされる夫婦の話である。

この夫婦は結局、お祓いからひと月も経たずに引っ越してしまった。

怪奇現象の正体はなんだったのか？

まずこのケースの場合、信用できない情報をあげるなら霊媒師の証言だろう。霊媒師の証言はほとんどの土地に当てはまってしまうし、万が一その通りだったとしても、お祓いが効いてなかったということなので、やはり信用度はひくい。

シャンデリアに模した電灯が備えつけられていることから、件のマンションの住所を聞いて調べると、まず彼らが住んでいた部屋はかつてオーナーズルームだったということがわかった。

オーナーズルームとは、マンションを建てる際につくられる、持ち主であるオーナー専用の部屋（最上階であることが多い）のことで、他の階の部屋よりも豪華なことが特徴としてあげられる。普通に賃貸の物件として借りることができたという背景を考えると、なにかしらの事情でオーナーがその部屋を使用しなくなった、あるいはマンション自体を売ってしまい、持ち主が別の者になったことが考えられる。

他は一般的なワンルームのつくりで、ワンフロアにいくつもの部屋が並んでいるが、この夫婦が住んだ部屋はやはり最上階で当然、電気の配線も他の部屋と違っている。なによりこのマンション、意外にも木造建てだった。

話のなかで足音とともに電灯が点滅するくだりがある。実家が木造建てであるとか、木造のアパートなどに住んだことがあるかたはご存じだと思うが、季節の変わり目などに気温差のせいで柱が伸縮を起こし、家鳴りを起こすことは珍しくない。

ある怪談師が調べたケースで、似た話が以前あった。

祖父が臨終してから足音が聞こえ、その足音にあわせて廊下の電灯が点滅するというものだ。音もしっかり確認したあと、足音がした床をめくって調べたらしい。根太（床を支える構造部分）が伸縮をして足音のように聞こえ、その根太のあいだを通過している電線が圧縮によって締めつけられ断線してしまい、電気が消えたり点いたりする現象を確認したそうだ。

その際に確かめた根太と根太の間隔は五十センチから六十センチ、これは床にある根太にしてはせまい幅らしいが、それでも人間の歩幅とそこまで変わらない。これが順繰りに音を立てれば足音そっくりなものに聞えるという。

口笛にいたっては高所の隙間風と断言できる。

音がしている場所は、壁や窓だけでなく壁のなかにある隙間まで考えれば、見つけだすのは困難だろう。しかし、やはり口笛にいちばん似ているのは風音、つまり隙間風のはずだ。なぜここまで断言できるかというと、ぼくが現在この原稿を書いている部屋ではいままさに口笛のような音が響いているからだ。この夫婦とは違ってこの部屋が大変に安い賃貸物件でオンボロだからという、なんとも情けない理由から身をもって証明している。


涙がでてきたのでこの話の考察はこれくらいにしたいが、ひとつ書き記しておくことがある。話のなかに書いてはいないが、夫婦が住んでいた部屋にはあちこちの壁に手すりがいくつも備えつけられていたらしい。

現在どこにいるのかわからない、以前住んでいたオーナー。

もしやそのオーナーは足が不自由だったのではないだろうか？

その点を考えると、引きずる足音の証言と合致して気味が悪い話である。

思いこみ怪談

高層マンションの一室に住むSさんの話である。

彼はここ数ヶ月のあいだ、窓から奇妙な光景を目にするようになっていた。

夜中になると、マンションのむかいにあるビルの屋上から、人影が飛び降りるのを見かけるのだ。数日に一度、深夜二時を過ぎたころ。暗闇のなかでシルエットしか見えないのだが、飛び降りていく姿はあきらかに異常なものだった。

最初にそれを目撃したとき、Sさんは自分の目を疑った。

すぐに警察に通報しようと考えたが、その人影は音もなく宙に消えてしまった。

まるで一瞬の幻だったかのように。

Sさんは疲れていたのだろうと思い、その夜はなにもせずに眠りについた。

しかし次の夜も、さらにその次の夜も、同じ時間になるとその影は現れた。

屋上の端に立って、なにかを考えるように少しのあいだ動かずにいたかと思うと突然、ためらいもなく飛び降りる。そして毎回、途中でふっと消えてしまう。

「これはもしかして――ゆうれいか」

Sさんはそう考えざるを得なかった。

自殺者の霊だろうか。もしかすると、このむかいのビルで過去にだれかが飛び降り自殺をしたのかもしれない。彼の頭のなかでそうした推測が膨らんでいった。

Sさんはネットでこのビルに関する過去の事件を調べはじめた。自殺の名所、過去の自殺者の目撃談、そして「飛び降りをくり返えす霊が現れる」という都市伝説まで見つけた。Sさんのなかで確信は強まっていった。あのビルには自殺者の霊がさまよっているに違いない。そして自分はその霊を目撃しているのだ――。

同時に、窓からその影を確認するたびに、Sさんのこころは恐怖と不安に支配されていった。霊はなにかを伝えようとしているのか？　それとも、同じ運命を辿るように導こうとしているのか？　そんな考えが頭のなかで渦巻いた。

ある晩、とうとうSさんは決意した。

このゆうれいを直接、確かめなければいつまで経っても自分はこの不安から逃れることができない。意を決し、夜中にむかいのビルにいくことにした。

エレベーターで屋上まであがると、そこには暗闇が広がっていた。

夜風が冷たく、静けさが周囲を包みこんでいる。屋上の端に近づくと、Sさんは息を呑んだ。まさにそこが、自殺者が飛び降りる場所だった。

彼はじっと立ち尽くし、二時になるのを待った。時間が過ぎるとともに、鼓動が速くなり、冷や汗が背中を伝う。

そのときだった。

屋上の端に、これまで窓越しに見ていたのと同じ人影が現れた。

その姿を目にした瞬間、恐怖で躰が動かなくなった。

人影はSさんには気づかず、まっすぐにビルの端まで歩いていく。

そして、いつものようにためらうことなく足を踏みだした。

しかし、なにかがおかしかった。

人影が飛び降りる瞬間をハッキリと見た。それはただの影ではなかった。

Sさんはその動きを見逃さなかった。人影は、まるで綱渡りをするかのように、足元のなにかを踏みしめながら飛び降りる動作をしていた。そのまま闇のなかへ消え去るのではなく、下にむかって滑らかに降りていったのだ。

おどろいたSさんは恐る恐る屋上の端に近づき、下を覗きこんだ。

その瞬間、すべてが理解できた。

そこには、夜中に清掃を行っている作業員が、ビルの外壁にとりつけられたロープにぶら下がりながら作業をしていたのだ。暗闇のなかで見えにくかったが、彼らは高所作業用の特殊な装備を使い、ビルの外壁を丁寧に清掃していた。Sさんが見ていた飛び降りる人影は、作業員がロープで降りていく姿だったのだ。

自分がバイアスに囚われ、幽霊だと思いこんでいたものは清掃の作業員。自殺者の霊など存在しなかったのだ。

帰宅してからも、Sさんはしばらくその事実を受け入れられずにいた。

なぜあれほど確信を持って、ゆうれいだと思いこんでいたのか?

それは、彼が自らの思いこみに縛られ、事実を見誤っていたからだと気づいた。

ネットでのウワサや恐怖が、彼にゆうれいの姿をつくりださせていたのだ。

数日後、Sさんは再びむかいのビルを窓から見つめていた。

夜中になると、作業員が現れ、静かにロープを使って外壁を清掃している姿が見えた。いまではその姿が、ただの仕事に専念する人々の光景として認識できる。

Sさんは少し苦笑しながら思った。人間の目というのは、都合よくものを見るものだ。自分を振り返り、これからは冷静に物事を捕えるようにしようと思った。

もう一度、作業員に目をやると、彼はこちらをむいて手を振り、消えたという。

この話を取材した怪談師は、さまざまなひとに逢えるのが取材の醍醐味であり楽しみであると言っていた。だが、なかには目的がわからない人間もいて、ときどき怖いのだという。

実はこの話がまさにそうで、このSさん、このあと不法侵入で警察のお世話になっている。それもそのはず。このSさんが語っていた自分が住んでいる高層マンションとは廃団地のことだった。自分が住んでいるところも、窓から見えているむかいのマンションも、すでにだれも住んでいない廃墟だったのだ。これらの事実は彼が住所を話してくれたことによって発覚している。話の辻褄があわないところがいくつもあったので、怪談師が調べたのだ。では、すべてが創作かというと、そうでもなかった。実際、この団地は自殺者や事故が多かったようだ。なにより不気味に思わせた事実は、なぜか屋上で清掃をしていた作業員の事故が多かったこと。

屋上には以前、お祓いをしたと思われる縄と紐が残されていたそうだ。

ＤＶＤの音声

秋の夜、Ｙ浩さんはマンションの一階に住むＩ美さんの家でくつろいでいた。

彼女は最近安く販売されているＤＶＤを集めており、テレビ台に収納されているボックスのなかには何枚もの映画があった。Ｉ美さんがカレーをつくっているあいだ、Ｙ浩さんはボックスをだしてコレクションされたＤＶＤをチェックしていた。

「あ。この映画、観たかったやつだ。面白いの？」

ケースに入った映画を手にとって、パッケージの表を彼女に見せる。

「それ？　ちょっとふざけてるように見えるけど、真面目で面白かったよ」

食事をしながらなにか映画を観ようと、Ｙ浩さんはボックスをあさっていく。

ボックスの奥に透明のケースに入れられたディスクを見つけた。

「これ、焼いたやつ？　なんの映画？」

「ああ、それ？　それは私主演の素晴らしい映画」

小学校のころに撮った運動会のビデオを、ＤＶＤにコピーしたディスクだった。

少し恥ずかしそうに彼女は「観たい？」とＹ浩さんに訊いた。

テーブルのうえにカレーライスを並べてＩ美さんはリモコンを手にとり、映像を再生した。テレビの画面に、Ｉ美さんが通っていた小学校のグラウンドが映しだされた。体操服をきた子どもたちが競技に参加しているようだ。それはどこか懐かしさが漂う映像で、Ｙ浩さんの顔に思わず笑みが浮かぶ。

「懐かしいな、運動会。ぼくも小学校のころ超本気で走ったな。ビリだったけど」

「私も足、遅かったのにリレーの選手にされちゃって。大変だったわ」

「ああ、そうそう。でる競技ってさ、たいてい先生が選ぶんだよな、勝手に」

二人は肩を並べて、カレーライスを食べながら映像を楽しんでいた。

突然、映像から妙な声が聞こえた。

大きな声だが発音が悪くて、なんといっているのか、わからなかった。

Ｙ浩さんは「いま、なんか聞こえたよね？」と首をかしげながら言った。

「うん。なんかいったね。だれの声かしら？『がんばれー』って聞こえた？」

「ちょっと変な声じゃなかった？　音が歪んでるみたいな、二重みたいな」

Ｉ美さんが「ちゃんと聞いてみようか」とリモコンを手にとって巻き戻す。

きゅるきゅるきゅる。再生ボタン。

「ここだよ、この子が映っているあたり。そろそろだ、ここ……」

「……これ『はしれ』かな。応援してるんだよ。走れって」

「ええ？　でもまだ走ってないよ。ぼくには『しゅるれー』って聞こえたけど」

「しゅるれー？　もういっかい聞いてみよ」

きゅるきゅるきゅる。再生ボタン。

「このへんね。ちゃんと聞いてね、くるよ……」

「……ほら『しゅれい』っていってる。間違いないよ、これは『しゅれい』だな」

「なにそれ、さっきと変わってるし。じゃあ『しゅれい』ってなに？」

「この子の名前がしゅれいって名前なんだよ。シュー・レイちゃん」

「んなわけないでしょ。もういっかい」

きゅるきゅるきゅる。再生ボタン。

「……んん、耳がゲシュタルト崩壊してきた」

「なんか私も『しゅれー』っていってる気がする」

きゅるきゅる。再生ボタン。

「今度は『しゅれー』よりも『はしれ』って聞こえた。まだ走ってないのに」

きゅるきゅる。再生ボタン。

「しゅれ？」

きゅるきゅる。再生ボタン。

「走れ？」

きゅるきゅる。再生ボタン。

「しゅね？」

きゅるきゅる。再生ボタン。

「しね？」

きゅるきゅる。再生……。

「ちょっと再生待って。一時停止して！　一時停止！」

「え？　なに？　どうしたのよ、いきなり」

「しっ！　耳すませて。わかった！　外だよ、ＤＶＤじゃない！」

耳をすませるとテラスのむこう、外から声が聞こえていた。

Ｙ浩さんは立ちあがり、テラスの戸のカーテンを引いて、ガラス戸を開けた。

「ほら、だれかが叫んでる。この声が運動会の映像とピッタリあっていたんだ」

Ｉ美さんも立ちあがり、外のテラスのほうに耳をむける。

どこかで男性が「死ねー」「死ねー」と一定の間隔で叫んでいるのが聞こえた。

「ホントだ、変なひとが叫んでる」　　　　「死ねー」

「な？　これを一生懸命おれたち、真面目に聞いてたんだよ。ウケるよね」

「再生のタイミングでこれが聞こえたってこと？」

「そういうことだね」　　　　「死ねー」

「何回再生した？　外の声と映像のタイミングが全部あうことなんてある？」

「ん……いわれてみたらそうだけど、そんなこともあるんじゃない？」

「あり得るかな……だいたい、どこで叫んでるの、この声」　「死ぬぞー」

「え？」「いま違うのが聞こえ……」

　　　　　　　　　ぐちゃり。

ふたりが外を見た瞬間、真上から目の前のテラスに落ちた男性がつぶれた。

誤解を恐れぬなら、私は世のなかの不思議というものは、そのほとんどが「心理」が働いて体験者が怪異として認識したか、あるいは「偶然」が重なって怪異になってしまったと考えている。どちらもそのプロセスに不気味さがあり、ぞっとさせてくれるのが怪談の楽しみなのかもしれない。

心理と偶然、どちらがより気持ち悪いのかと聞かれれば、迷わず偶然と答えるだろう。俗にいう「そんなの偶然だよ」がいかに怖いことか、私はよく知っている。

「怪談なんて全部、偶然さ」

「だから、その偶然がいちばん怖いんだよ」

こういったやりとりを何度かみることがあったが、実に芯を突いた会話だと思う。

この話は屋上で叫んでいた男の声が、映像とマッチして認識できなかったという体験談だ。ちなみにマンションは五階建て、屋上に不法侵入した男は重傷だが一命をとりとめている。

あり得ないことが偶然のせいで起こるなんて、人知を超えている領域だ。避けることなど絶対にできない。もはや天のちからとなんら変わらない。ここは、そんな偶然が重なりあう確率の世界なのだ。そのなかで、私たちは行動を選んで生きていることを忘れてはならない。すべての因果はつながっているのだから。

鉄骨の老婆

アーケード街に並ぶ商店のあいだに変わった物件があった。

商店街のにぎわいとは裏腹にどこか暗い雰囲気で、立地こそ良いが窓から見える景色はアーケードの鉄骨が張り巡らされた無機質な構造物。まるで空に向かって伸びている無数の肋骨のようで住むには不気味な部屋だった。そんな部屋に引っ越してきたのが、Ｋさんという青年だった。

彼は就職を機にこの街に越してきた。もともと幾何学的な様相を成す建物や独特の景色が好きだった彼にとって、この変わった物件は格好の住処に思えた。窓から見えるアーケードの鉄骨が、どこか未来的、幻想的な雰囲気をかもしだしており、見飽きないと思っていた。日が落ちるとその幻想は一変し、鉄骨はただ無機質で冷たい影を落とす存在に変わる。それがまたなんともいえず、たまらないという。

引っ越しから数日が経ち、Ｋさんは新生活になれはじめた。

昼はにぎやかな商店街の活気が心地よく、外を歩けば人々の楽しそうな声が響いている。しかし、夜になると街は静まりかえり、商店街のアーケードもその巨大な構造物がただ暗闇にたたずむだけ。

それを窓から眺めながらビールを飲むのは最高だった。

ある夜、Ｋさんはふと目を覚ました。

時計を見ると夜中の二時過ぎ。寝ぼけまなこで天井を見るが、なにかを感じて窓に目をやった。窓のむこう、アーケードの鉄骨のうえを、ひとりの老婆がゆっくりと歩いている。Ｋさんはおどろいて目をこすったが、その光景は変わらない。鉄骨のうえは、ひとが歩けるところではない。細い骨組みは、歩けば簡単にバランスを崩して落ちてしまうような場所だ。だが、老婆は平然と歩いていた。背中は曲がり、ぼろぼろの着物のようなものをまとっている。

Ｋさんは慌てて立ちあがり窓を開けて危ない、と叫ぼうとした。

しかし、老婆が声にびっくりしてバランスを崩すかもしれないと考えると、声をかけることすら軽率な行動に思え、ただ見つめることしかできなかった。老婆はゆっくりと鉄骨のうえを進み、まるでその場所に存在することが自然であるかのように、一定のリズムで歩いていた。ひとが死ぬかもしれないという、その光景に恐怖を覚えながらもKさんは目を離すことができなかった。

やがて、老婆はふっと足を止め、こちらに顔をむけた。

その瞬間、Kさんは心臓が凍りついたような感覚に襲われた。老婆の顔はぼんやりとしか確認できなかったが、目の部分が闇に溶けこみ、真っ黒な空洞のように見えた。全身に冷たい汗がにじむ。

なんだ、あれは？　と頭のなかで何度も問いかけたが、答えはでない。

老婆は再び歩きだし、やがて鉄骨の影に消えていった。

Kさんはしばらくその場から動けず、ただ震える手で窓を閉じ、ベッドに倒れこんだ。体中のちからが抜け、悪夢を見たかのような感覚が残ったが、確かに自分はいま目を覚ましていたし、老婆も現実に存在していたのを自覚していた。

次の日、Kさんは気になって街のひとにそれとなく訊いてみた。

アーケードのうえを、だれかが歩いているのを見たことはありますか？

しかし、だれもそんな話を聞いたことがないと答える。強いていうなら、商店街を照らす照明、その電球をかえるときや、大きな看板の工事のときに業者の人間がいるのを見たことがあると何人かが答えたが、老婆が歩いていたことを伝えると皆、怪訝そうな顔をした。

Kさんは気になって仕方がなかった。あの光景が頭から離れない。

あの老婆はだれなのか、そしてどうしてあんな場所を歩けたのか。

数日が過ぎたが、老婆は現れなかった。Kさんは次第に自分が疲れていたのだろうと考えだし、気にしないようにしていた。

しかし、それは再び現れた。

夜中の二時、またしてもKさんは目を覚まし、窓の外に老婆の姿を発見した。

今度は鉄骨のうえを歩くだけではなく、彼の部屋のほうへ、ゆっくりと近づいてきていた。心臓が跳ねあがるのを感じながら、Kさんは外に釘付けになった。

老婆は鉄骨を伝って、まるで空中を歩くように、窓のほうへじわじわとやってくる。

そして窓のすぐ外に立って、Kさんをじっと見つめた。目が真っ黒な空洞であることをまた確認する。

そのとき老婆の背がぐんっと伸びたかと思うと、ほんの一瞬だけ、ぽッと明るく光り、跡形もなく消えてしまった。消える寸前、目がない不気味な顔だったのにもかかわらず、おだやかな表情のようにKさんは感じた。

老婆が現れたのはそれが最後で、二年ほどその部屋に住んでいたが他に奇妙なものを見ることは一切なかったという。

このアーケード街はかつて火事で数名の命が失われた場所だ。

それでも亡くなった数名に年配の女性はいなかった。現れた老婆と火事との関係性を調べるため調査を重ねたが、結局のところつながりはないようだった。

深夜のアーケードの天井部分、鉄骨を歩く老婆は何者だったのか。

不明のまま終わる系統の話だと思ったが数年後、Kさんから意外な連絡があった。

幼いときに離婚して逢ったことがなかった父親と話す機会があったという。

そのとき初めて、父親の亡くなった母、つまり祖母の話を聞いた。

若いころの事故で両目がなく、盲目だったらしい。他に心当たりがないので、自分が見たのはおそらく祖母に違いないとKさんはいった。

なぜアーケード街の物件に住みはじめたときにほんの二回だけ、いままで逢ったことがない祖母が現れたのか理由はわからない。それよりも「物件のせいだと思っていたが実は血縁の話だった」というところにポイントがあるように思える。

普段の日常生活のなかで奇妙な存在を目撃したならば最初に考えるはずの血縁関係や先祖供養のことが、まったく浮かばなかったのは引っ越しをしたタイミングだったからということが大きいだろう。

実際「このタイミングでこんな出来事」があったから「その推測にまったく届かなかった」という話はいくつもある。その「推測の枠」というべきものを超えた発想を行えるひとが感覚の鋭い者といえるのだろう。

ある男性が「むかし友人が山で遭難して亡くなったことが、火事を防ぐ理由になった」と語っていた。その夜、その亡くなった友人の夢を見たらしい。言葉にしていったワケではないが「気をつけろ」というような表情に感じたという。

寝る前になんとなく登山の本を読んでいた。友人のことを無意識に考えていたせいでそんな夢を見たのか。あるいは、もしも山にいくならお前も気をつけろと忠告に現れてくれたのか。

首を傾げながらも出勤のため駅にむかっていると、友人の性格を思いだした。

——火の始末にうるさいやつだった。

生前、でかけるときには煙草の灰皿に水を入れ、コンロを指さして消火を確認している姿を何度も見た。コンロといえば今朝、珈琲を呑むために沸かしたケトル、その火を切っていないのでは……。

きびすをかえし、あわてて家に戻ると空焚きになったケトルが煙に包まれていたという。

私たちが見聞きする怪談のなかには、こういった予想外のメッセージが隠れていることがあるので、やはり表面だけではなにもわからないのだろう。

人間関係と同じで、深く読み解くためには思いを巡らせることが大事なのである。

いま、いいことを書いた。さすが深黄泉。

待っている者たち

雨の夜、仕事帰りのE原は駅からでると傘を広げて歩きだした。

時間はもう遅く、ひとの通りも少ない。

静かな駅前のしっとりした風景のなか、自宅へとむかって歩を進める。

前方にひとりの女性が傘もささず、歩いてくるのが見える。リクルートスーツに身を包み、終電を逃さないようにするためだろう、こころなしか足早だった。

道路は広かったが歩道はせまく、すれ違うには傘が邪魔になる。

そう思ったE原は傘をぶつけないよう、かまえながら歩いた。

まっすぐに進んでいた女性は、少し足がもつれているように見えた。

数メートルほどの距離になったとき、女性が突然、真横に倒れた。

E原は「えっ！」とおどろき、すぐに駆けよった。

女性は白目を剥き、手足がぴくぴくと不規則に動いて、口から泡が吹きでている。

「大丈夫ですか！」

しゃがみこんで声をかけたが、女性はE原の呼びかけに反応を示さない。

彼女のケイレンは治まる気配がなく、むしろ酷くなっているように思えた。急いでスマホをとりだし救急車を呼ぼうとしたが、動揺して画面ロックが解けない。

「ちょ！　だ、だれか！」

慌てて周囲を見るが、通行人は他にいなかった。

道路のむかいをみるとバス停があり、何人かの男女が並んでいる。

「あ、あの！　すみません、ちょっと！　だれか手伝ってください！　女性が倒れたんです、救急車を呼んでください」

E原は電話を持った手を振って、バス停のひとたちに大声で助け求めた。ところが彼らはこちらをむいてはいるものの、まったく反応してくれなかった。車が通っているならエンジン音が邪魔をして聞こえず、大雨なら雨の音が大きくて聞こえないこともあるかもしれない。だが、いまは一台の車もなく雨もずいぶん小降りだ。

「ちょっとッ、なにしてるんですか！　聞こえないんですかッ」

Ｅ原は、彼らの表情がおかしいことに気がついた。

こちらを、見ていない。

顔はＥ原のほうをむいてはいるが、どのひとも、どのひともただ前の空間――宙を見ているような虚ろな表情だった。口も呆けたようにだらんと開かれている。

妙な雰囲気に「なんだ？　あのひとたち……」と言葉が漏れた。

そのとき倒れていた女性が意識をとり戻して、すっと立ちあがった。

「あ！　大丈夫ですか！」

声をかけながらＥ原も立ちあがり、女性の顔を見て息を呑む。

バス停のひとたちと、まったく同じ表情をしていた。

女性はなにもいわずに道路をまっすぐ渡り、バス停の列のうしろに並ぶ。

Ｅ原は雨に打たれながら呆然とそれを見ていると、うしろから悲鳴が聞こえた。

「大丈夫ですか、そのひと！　倒れたんですか！」

たまたま通りかかったのだろう、通行人はＥ原の足元を指さしている。

目をむけると、いま道路を渡っていった女性が倒れていた。

もうケイレンはとまっているようだった。

「救急車、呼びましたか？　呼びましょうか？」

「え……ああ、お願いします」

道路のむこうからバスが一台、静かに走ってくるのが見えた。

通行人は電話を切って「すぐにくるそうです！」とE原に報告した。

停車したバスがドアを開けると、列をなしたひとたちがぞろぞろと乗車していく。

そして、そのまま暗闇のなかへ消えていった。

傘を地面に転がしたまま、雨に打たれるE原に通行人がいった。

「いまのバスに……このおんなのひと、乗っていませんでした？」

倒れている女性はもう息をしていなかったという。

あの世に旅立つ死者を連想させるような体験談だ。

実話怪談のなかでは亡くなったひとが乗り物に乗って去っていく描写も珍しくない。バスで旅立っていく話は初めてだが、いままで聞いたものでは電車、車、自転車、タクシー（あの世ではない。霊園へむかった系）くらいだろうか。あとは、やはり徒歩の話が多い。

興味深いと思われる事例は次のものがある。

父を送った斎場での出来事です。

親せきはいなかったので、旦那と娘、三人だけで父を見送りました。

娘はまだ死を理解できていなかったと思います。

男手ひとつで育ててくれた父との別れは想像以上に哀しく、私は涙がとまりませんでした。棺にしがみついて、とり乱す私に娘は「じいじ、ネンネしてるから起こしちゃダメ」といってくれました。

「そうね、お祖父ちゃん、ネンネしてるもんね。寝かしてあげよう」

荼毘にふされているあいだ、外で私たちは待つことにしました。

私を慰める旦那の横で「ママ、見て」と娘がいいます。

「じいじがいる。じいじがバイバイしてるよ、ママ。ほら、見て！」

娘が指さすのは煙突からでている煙です。

「じいじ、タバコに乗ってる！　タバコ！」

娘のいうタバコとは煙のことで、父と旦那の喫煙から覚えた言葉です。

煙突から流れる煙はゆっくりと空に昇り、娘はいつまでも手を振っていました。


来迎図と呼ばれる仏画がある。臨終した往生者を、如来が菩薩たちと共に雲に乗って迎えにきている姿を現したものだが、雲が乗り物となっているのが興味深い。

この斎場での話はまさにそれと結びつくものだ。極楽浄土にむかうというイメージで素敵だが、先のバスの話のように暗黒に堕ちていくようにしか思えぬものもあるので、皆さんはバスより雲を狙っていくのが良いだろう。

頭痛の理由

若者五人は山奥にある小さな民宿に三泊するためやってきた。

宿は古びた木造の建物で、静かで落ちついた雰囲気を漂わせている。そこは地元でも知る人ぞ知る隠れ宿で、長年のあいだ夫婦ふたりで経営していると聞いていた。

最初の夜、彼らは夕食を済ませ、談笑しながら時間を過ごしていた。

食堂には和やかな雰囲気が流れて、心地よい疲れが彼らの躰を包んでいた。

「でも山の近くって空気、やっぱ違うね。なんか都会のケガレが吹き飛んでいく」

「ホント静かでいいよね。こういう場所、もっとはやく探しておけばよかった」

彼らは翌日、山を登る計画を立てていた。

その期待に胸を膨らませながら、それぞれ自分の部屋に戻っていく。

二日目の朝、朝食をかこんだ彼らはこんな会話をしていた。

「変な夢を見たんだ。だれかにおそわれるような感じで。それで起きちゃって」

「私も。私も夢のなかで、だれかに追いかけられてたの。すごくリアルで怖かった」

「あれ、おれも。なんだこれ？　みんな同じような夢？」

三人が話しているのを聞いていた残りの二名も、悪夢を見たことを告白した。

それはただの偶然ではないように思えた。

「なんだろ。この宿のせいか。全員が同じ夢なんて、気持ち悪いな」

「ちょっと。失礼よ。聞こえるでしょ。気にしすぎ」

朝食が終わると予定通り、みんなで山へむかった。

美しい景色と清々しい空気に包まれ、しばらくは夢のことも忘れていた。

中腹にある広場でゆっくりして、山をおりることにした。

帰り道、なぜか全員がよく転ぶことに気づいた。足元に気をつけているが石につまずいたり足がもつれたりして転倒する。それをひとりが指摘すると、

「そうだな。確かに足がうまく動かん。やっぱ山道って甘くないな」

「本当だよね。私も何度も転んでるし。躰なまってるのかな」

「おれ、普段から運動してるけど、確かに転んでるな。なんでだろ？」

そう口々にいいながら、また転び、転びかけながら山をおりていく。

宿に戻るころには体力を消耗し、みんなあまり話さなくなっていた。

「ちょっと夕食まで休憩しようぜ、疲れちゃったよ」

さらに、夕方になると何人かが頭痛を訴えはじめた。

最初は軽いものだったが、次第に耐え難い痛みに変わっていく。

「なんか、頭が割れそうなんだけど……鎮痛剤持ってない？」

「ないよ。実はおれもだ。なんか急にきたな」

「おれも頭痛するわ。みんな頭が痛いってなんだろ。気圧のせいか？」

宴会を開く予定だったが結局、食事もそこそこに休むことになってしまった。

その夜も全員が怖い夢を見て、恐怖のなか目を覚ました。

絶対おかしい。この宿は変だ。なにかが起きてる。

帰りたい。でもまだ一泊ある。

なんとかやり過ごしたら明日の朝には帰れる。がんばろう。

最終日の昼、彼らは各々自分の部屋に閉じこもり、頭痛に耐えながら時間が経つのを待っていた。頭痛が治まるのではないかとベッドに寝転がり眠る者もいたが、不気味な浮遊感に包まれてすぐに目を覚ましてしまう。それでもがんばって眠ろうと努力していた。いま何時だ。午後三時か。頑張ってもうひと眠りしよう。なんでこんなに頭が痛いんだ。熱でもあるのか。いや、そんな痛みではない。まるで血が頭に集まって脳を圧縮しているみたいだ。首を絞められて息もできず、血流をとめられたらこんな痛みがでるのではないだろうか。痛い。とにかく痛い。どうやったらこの痛みはなくなってくれるんだ。薬があればなくなるだろう。鎮痛剤を持っていることもあるのに、なぜこの旅では持ってこなかったんだ。次からは気をつけなければ。こんな酷い目にあうのは久しぶりだ。よりにもよって遊びにきているときに。なんてことだ。う う。声がでてしまう。うう。痛い。痛いときって声が勝手にでてしまうんだな。知らなかった。いま何時だ。時間は経ってくれただろうか。時計を見よう。何時なんだ。午後三時三分。うそだろ。三分しか経ってないのか。この痛みのなか、あとどれくらいの時間ここにいればいいんだ。朝の七時にでたとして十六時間だ。いや、運行サービスが迎えにくる手はずになっているから九時だ。十八時間か。十八時間にあと六時間足せばちょうど一日ってことじゃないか。最悪だ。ツライ。頭が痛い。みんなはどうしてるんだ。談話室で楽しい時間を過ごしているのか。いや、声がまったく聞こえない。部屋で寝転ぶ、今日はでかけないで休むって、みんないっていた。ということは、いま全員がこの頭痛におそわれているということか。もしかして未知の病かなにかだったら、どうしよう。みんなこのまま、この宿で死ぬなんてことは、まさかないだろう。痛みが走る。脈拍にあわせた痛み。脈はとまらない。心臓がとまったら痛みも消えるのだろうか。ふわふわする。気持ちが悪い。鼻がおかしい。くさい。なんのにおいだ、これは。玉子が腐ったにおいか。間違いない。なにかの病気だ。高山病。山に登ったときに起こる酸素濃度の低さと気圧によって起こる身体の異常。宿は標高が高いところにある。いや、こんな高さでこうなるハズがない。これは別のものではないのか。いまのはなんだ。唸り声か。聞こえた。となりのあいつだ。あいつらも同じように苦しんでいるのか。苦しい。だれか助けてくれ。みんなどこにいった。いま何時だ。どれくらい時間が経ったんだ。だれかが部屋に立っている。黒い服だ。だれだ。知らないひとだ。この宿に泊まってるのは、おれたちだけと老夫婦がいっていたのに。だれなんだ。顔を見せろ。そうだ、そのままこっちにこい。髪がない。真っ黒だ。顔が真っ黒だ。怖い、やめろ。むこうにいけ。いや違う。黒い服じゃない。真っ黒じゃない。なんだ、これは。ああ、そうか。全身が焼き焦げているだけじゃないか。お前だれだなぜそんな　笑ってるんだこわいたすけ　こ　わ

朝になり、みんなよろよろと部屋からでてきた。

まる一日、眠ったおかげか、頭痛や浮遊感の症状はましになっていた。それでも朝食をとる体力はなく、なにもしゃべらず民宿の玄関に全員が集まっていた。運行サービスの車の到着を待っているとき、友人のひとりが老夫婦に尋ねた。

「すみません、ここでなにかあったんですか。怖い夢とか、頭痛とか。あと部屋に……いえ、変なことばかり起きて。なにか理由があるんじゃないか、と思って」

老夫婦のひとり、白髪の主人が笑っていった。

「山ですから、体調を崩すひとも多いんです。高山病みたいになって。大丈夫、すぐに治りますよ。またきてくださいね。焦げたひとたちのことなんか気にせず」

迎えにきた車に全員乗りこみ、無言のまま民宿をあとにする。

車が走りだして五分もせず、頭痛や不快感がウソみたいに消えた。

まさかと思ったひとりが、苦しんでいるときに部屋で見た幻覚のこと話した。

やはり、黒いひとを全員が目撃していた。

実にイヤなバケーションの話である。

痛いときに唸り声をだすのは哺乳類の特徴かもしれない。災害や戦争の凄惨な現場の話を聞くと、唸り声のせいで耳を塞ぎたくなるような状況になっていることがある。できれば、そんな恐ろしい状況に身をおくことないよう、願いたい限りだ。

民宿の場所だが、勘の良いひとはわかったかもしれない。三十年以上前に起こった火砕流の災害があった場所の近くだ。それほど標高の高い場所ではない。

では、なぜ全員にそんな症状が現れたのか。

体験者に頼み、写真を探してもらったら予想が的中していた。

災害の被害をまぬがれたこの宿は、ずいぶん古い建物だった。写真をみてもわかるほど斜めに歪んでいるのだ。人間の躰は不思議で、平衡感覚に異常が起こると自律神経がやられ、さまざまな症状が現れる。その症状は種類が少ないにもかかわらず、この話で起こった現象のほとんどに当てはまるのだ。

それを考えると建物の歪みの影響が関係していると思われるが、すべてが説明できるワケではない。なぜ幻覚の詳細を老夫婦が知っていたのかなど、わからないこともたくさんある。偶然だが、この近くで起こったもうひとつの怪異を記しておく。深読みの材料にしていただきたい。

車を停めて休むことにした男性がシートを倒して眠っていると、外の気配で目が覚めた。だれかいるのかと、躰を起こして確認したところ、いつの間にか夜が明けかけていたらしく、外はぼんやりと明るい。しかし、霧がかっているようでハッキリと見えず、目を凝らすと車のまわりに何本も細い柱が立っており、こんなところによく車を停められたものだと不思議に思うが、細い柱と思ったのはすべて黒い人間で、なかには全身が骸骨とハッキリわかるものもいるが、そのすべてがうなだれているような、ガッカリしているような雰囲気があり、こちらには気づいていないようで、霧があける前にすべて消えていた。印象としてはその場から離れられず、だれかがくるのを待っているような感さえあったそうだ。

生霊ハラスメント

Nさんが彼女とつきあったのは三十歳を迎えたころだった。

彼女の名前はS美、少し幼さの残るふたつ年下の女性だった。最初は、彼女の明るさや素直なところに惹かれていた。彼は真面目で几帳面な性格だったのでストレスをためることが多い。S美の明るく無邪気な笑顔は、そんなNさんのこころを和ませてくれた。つきあいだしてNさんはS美のために尽くすようになった。

彼女は家事をしっかりこなせるタイプではなかったが、Nさんはそれを気にすることなく、率先して家の掃除をし、料理をつくり、ときには彼女にお金を援助することもあった。S美は「ありがとう」と感謝の言葉を口にしていたが、そういった件とは別にNさんは違和感を抱きはじめていた。

半年が過ぎたころ、NさんはS美の賢くない行動を無視できなくなってきた。

彼女は何度も同じ失敗をくり返し、物事を深く考えずに行動することが多かった。注意をしても理解しているようすを見せず、まるで言葉が通じていないかのように感じることもあった。

一度、彼が仕事で疲れて帰宅したとき、彼女が何度も「今日はなにをする?」と訊いてきたことがあった。彼はそのとき少し苛立って「今日は休むだけだよ。何度も聞かないで」といった。しかし彼女は、数分後にまた同じ質問をしてきた。

「なあ、S美。少しは考えてくれよ。なんで同じことを何度も聞くんだ?」

Nさんはそのとき、耐えきれずに言葉を荒げた。

S美は、おどろいたように目を見開いたが、すぐに笑顔で「ごめん」といった。

彼女に対する気持ちが自分のなかで冷めていくのを、Nさんは感じた。

そして、ついにNさんはS美に別れをきりだした。そのころになると、彼女の明るさや無邪気さが彼をイライラさせる要因になっていたのだ。

「S美、もう無理だ。お互いに、これ以上続けても良くないと思う」

S美はしばらく沈黙したあと、静かにうなずいた。

「うん、わかった。そういうことなら仕方ないね」

彼女は意外にも冷静に別れを受け入れた――かのように見えた。

Nさんは少し罪悪感を背負いつつ、これで終わったと思っていた。

しかし、それは大きな間違いだった。


別れてから数週間後、Nさんの生活は一変した。

最初の異変はSNSではじまった。突然、彼のアカウントに見知らぬアカウントから無数の嫌がらせメッセージが届くようになった。最初は無視していたが、メッセージの内容が次第に彼個人のプライバシーに踏みこんだものになってきた。

「あなたは人でなしだ」「女性を騙す最低な男」などといった言葉が続けざまに送られてきた。なにかのいたずらか変なサイトへの誘導かとも思ったが、メッセージのなかには「約束を守る男っていってたよね？」というS美とのやりとりや「肌荒れが酷くなった」といった彼女のプライベートな情報が含まれているものもあった。

「これは……S美、か？」

Nさんは彼女が背後にいるのではないかという疑念を持ちはじめていた。

さらに、彼の周囲の知人や職場の同僚にも、彼に対する悪いウワサが広まりだす。

S美がSNSで彼のことを「自分を捨てた最低な男」として吹聴し、彼女の友人たちもそれに同調していたのだ。Nさんは頭を抱えたが、それでも事態は収まるどころか、ますます悪化していった。

彼女の攻撃は、オンラインだけでは終わらなかった。

ある晩、帰宅途中でうしろからだれかに視線を受けているような感覚があった。振り返ると、遠くに立っている人物がこちらを見ている。

その顔は暗くてよくわからなかったが、服装からして女性のようだ。直感的にS美だと感じたが、彼女がストーカーまがいの行為にでるとは思ってもみなかった。

それからというものNさんは、周囲にいつもS美の気配がつきまとっているように感じた。直接、目の前に現れることはなかったが、家の近くや仕事場のまわりで彼女の影を感じることが増えた。

ある夜、彼が自宅に帰ると、ドアの前に手紙と思われる封筒がおかれていた。なかを開けて読むと、そこには怖い一行が記されていた。

――あなたに生霊を送ってるから、もうすぐあなたのもとに現れる。

Nさんはその手紙に不快感を覚えて思わず「なんだよ、これ……気持ち悪っ。別れ

てよかった わ」とつぶやいてしまった。その瞬間、すぐ耳元で声がした。

一生、苦しめてやるから。

おどろきのあまり「うおッ」と振り返り、勢いあまって尻もちをついた。

うしろにS美——いや、S美のようなモノが立っていた。

光沢のある肌に固まった関節。マネキンにしか見えなかったが、目だけが浮いているように生々しく、黒目がぎょろりと動いて、しゃがみこんだNさんを捕えた。

「な、なんだ！　S美か？」

声をかけると彼女の形をしたものは、周囲の景色に溶けこむように消えた。

いま目にしたものが信じられず、しばらく呆然としていた。

はっと正気に戻ると、Nさんは慌てて玄関から家のなかへ逃げこんだ。

そのときを境に夜中、痛みと重苦しさを胸に感じるようになった。

夢のなかでS美が現れて、なにかをささやき、冷たい笑みを浮かべる。

目が覚めたときにも息苦しさは続いた。

「まさか…本当に生霊を飛ばしてるっていうのか？」

不調が精神的な疲れのせいか、思いこみのせいか、わからなくなっていた。

ある日、彼は喫茶店で、共通の友人であるK奈に相談を持ちかけた。

K奈は少し変わった性格だが、偏らない意見を冷静に話せる女性だった。

「S美が生霊を送ってる？」

Nさんがこれまでの出来事を説明すると、彼女はまゆをひそめた。

「……まあ、彼女がそこまでするなんてね。確かに最近あの子、SNSでもあなたのこと、におわせで色々と書いてるのを見たわ。生霊ハラスメントね、これ」

K奈は思いついた言葉を口にして面白かったのか、少し笑っていた。

「本当に変なことが次々と起きてるんだ。夢にでてくるし、躰もおかしいし」

Nさんの真剣な表情を見て、K奈はしばらく考えこんだ。

「実はね、彼女は逆にあなたがやってるって、いってたわ」

「え？　なにを？」

「あなたが別れたあとも自分のことに執着して、あなたが呪いみたいなのをかけてきてるって。霊感あるからわかるとか、バカなこといってたわ。みんなの前で」

「別れるっていいだしたの、おれなのに。そんなことするワケないじゃないか」

「でしょうね。ひとってそういうものなの。自分がやるだろうことを相手のやることとして予想する。うそを吐くときも自分の考えを混ぜる。だから遠回しの悪口をいうとき、そのひとの醜いところが油みたいに浮きあがってくるの。SNSなんか」

特に顕著ね、とK奈さんは電子タバコをくわえた。

「それはその通りだと思うけど、なんでそこまでして、おれを陥れたいんだ?」

「好きじゃないからでしょ。最初から」

K奈の意外な答えにNさんは「へ?」と、すっとんきょうな声をだした。

「考えてみなさいよ。吹聴するってことは、わかって欲しいんでしょ、まわりに。あなたのことより、自分が好きなの。だから攻撃的になるのよ。本当に愛していたのなら、別れても相手の幸せを考えるはずでしょ?」

「まあ、そうかもな……自分のことしか考えてないから、周囲の人間におれが悪いやつだと思わせたいってことか。おれはどうしたらいいんだ?」

「どうしたらって? なにもしなくていいんじゃないの?」

「でも、このままじゃみんなに誤解されて……」

「いいじゃん、それで。片方の情報しか鵜呑みにしない奴らの誤解なんて解く必要ある？　自分がどんな人間か自分だけが知っていればいいし、最後はわかってくれるひとだけがまわりに残るんだから、振るいにかけられてラッキーじゃないの」

K奈の達観した考えに、Nさんはうなずくしかなかった。

「じゃあ、生霊は？　お祓いだけでもいったほうがいいかな？」

「しなくていいわ、そんなこと。気にしたら負けるかもしれないけど。そんなうじ虫みたいな卑しい考えかたの奴の生霊より、人間のほうが強いのよ。実際、できることは嫌がらせ程度でしょ。ご飯いっぱい食べて無視しときゃいいのよ」

「うじ虫って卑しいのか？」

「そんなことよりあの子のほうが心配ね。そんな行動とって、もうとり返しがつかないわ。一度やったことは消すことができない。あなたのいった『陥れ』もそうだし『悪意をぶつける』もそうだし。もう、そういう運命しか待っていないわ」

「バチみたいなものか？」

「そんなスピリチュアル的なことじゃない。もっと当たり前のこと。どんなに外面だけ体裁を整えても自滅していくでしょうね、きっと」

「わからない。どういうことだ？」

K奈は「そのうちわかるわ。そろそろバイトだからもういくね」と去っていった。

Nさんはそれからも、何度かマネキンのようなS美の生霊を見ることがあった。

最初は恐ろしかったが、無視していると勝手に消えることに気づいた。

印象に残ったのは、電柱の影に立っているのを見つけて、腹が立ったNさんが唾をかけたときだった。唾は生霊の胸元あたりにかかったのだが、そこに穴がぽっかりと開いて、その穴が広がるように大きくなり、生霊は消えていったという。

しかし、そのうち生霊は現れなくなり、日常の生活に戻っていった。

その後、S美はつきあった新しい彼氏とクスリを楽しんでいる最中、半狂乱になった彼氏に半殺しにされた。現在も長期入院をしており、両手の骨を砕かれてしまったのでスマホが持てないと、なげいているそうだ。

以前、ある怪談師が似たような話を本に書いた。

それを読んだ自称ファンのひとに「あれ私の話ですよね？　ね？　ね？」と追いつめられた話を聞いたことがある。おそらく、そのあと怪談師は逃げたが結局ファンのひとに捕まり、蝋人形にされたのではないだろうか。

こんな冗談が飛びでるほど、この系統は気を使う話なのである。

実際、男女ともにこじらせるタイプのひとは老若男女問わず、ごっそりと増えた。むかしなら「ヤバいね、そのひと！」と珍しがったが、いまではもう普通だ。

自分の意見や感想をなんでも表明していい世のなかが美しいはずもなく、醜い話題や言葉の羅列を重宝した結果、個人主義の終着地点はモラルの崩壊となる。これに巻きこまれないのは、K奈さんのような感性を持つひとだけではないだろうか。

さてこの話のように生霊というものを嫌がらせに使うひとはいる。

なぜなら生霊というのは実はかなり便利でなんにでも使える言葉なのだ。普通、いや普通かどうかわからないが、ひとは死んだら霊になるとされる。でも死んでないのに霊にしてしまうことによって解決、またはひとのせいにできてしまう恐ろしい汎用性を持っている。以前、こんな証言を得たことがある。

「ある男性から、私がその男性に生霊飛ばしてるっていわれたんです。これって、もうどうしようもなくないと思いませんか？　だって飛ばしてないっていったら生霊肯定しちゃうし、飛ばしてるっていったら好きって告白しているのと同じで。ぜんぜん好きでもなんでもないのに返答できないんですよ。最強ですよ、生霊」

否定しても「飛ばしてるって意識ないんだよ、自分では」といわれたら終わり。

まさに思考停止の頂点に立つ、新しい次元の差別になるのが生霊だろう。

心霊便利ワードランキング２０２４をつけるなら三位は呪物、二位は気絶、一位は生霊のはず。「彼はそれを見て恐怖のあまり気を失った――」という長年一位だった気絶を押しのけて限られたシチュエーション以外でも使用ができる便利さが、いや、ちょっとディスりすぎている、もうやめておこう。マジでなんか不幸がくる。

ようするに、そんな人間に影響のある生霊がそこら中に飛んでるなら、どうしてあなたが応援しているサッカーチームは優勝できなかったの？　という見解である。

自分マウント

Ｊさんは友人のＩさんに対して長いあいだ不満を持っていた。

彼のいちばんの特徴は「好き好み」にかんする話がやたらに多いこと。食事や音楽、映画や仕事にいたるまで、Ｉさんはことあるごとに自分の好みを語りはじめて周囲の意見を聞くことなどなかった。

「やっぱパスタはナポリタンに限る。でもトマトの酸味がちゃんと効いているのが条件だわ。ケチャップだけの甘ったるいやつはダメだね。ガキじゃないんだから」

彼らがやってきたのはパスタ専門店だが、まだ店に入った段階だ。

Ｉさんはすでに自分の注文を決めているようだったが、こっちはまだで、メニューを見るのが楽しみだったのに、選択肢を削られた気になってしまう。

Ｊさんは I さんが話しはじめるたびに、自分の意見を押しつけられているような感覚に苛立ちを覚える。Ｉさんはいつでも自分の好きなものについて語り、他人の好みや意見に興味を示すことはほとんどない。

「お前さ、好きなもの語るのはいいけど、押しつけがましくいうの、やめろよ」

Ｊさんは I さんに軽くそういったこともあった。

そのときも彼は冗談だと受けとり、笑ってスルーしてしまった。

Ｉさんとは大学時代からの友人で、サークル活動を通じて知りあった。

そのころは共通の話題も多く、Ｉさんの話もある程度は面白かった。

しかし社会人になり、それぞれの生活が忙しくなるにつれてＪさんは彼の一方的な会話に次第にウンザリするようになっていった。どんな話題でも、結局は自分の好みや価値観に結びつけ、他人の意見に耳を貸すことはほとんどなかった。

「なあ、Ｊ。最近、音楽はなに聞いてるの？　おれはやっぱりジャズかな。ポップもいいけどさ、ジャズは即興性がたまらないんだよ。やっぱジャズだよ、ジャズ」

Ｊさんはうんざりしながらも適当にあいづちを打つ。

「うん、まあ、ジャズもいいよな」

「だろ？　やっぱりジャズってのは生きた音楽って感じがするよな。それに比べてさ、最近のロックとか、まるでつくりものだよな。売れるための音楽みたいな」

Jさんはこころのなかで、ため息をついていた。


ある日、ふたりは他の友人たち数名と車で温泉にいくことにした。

運転はJさんで、助手席に座るIさんは後部座席の友人たちとしゃべっている。

「車はセダンがいいよな。SUVって流行ってるけど、意味わかんね」

「SUV流行ってるの？」

「無駄にデカいだけで実用性に欠けね？　なんであんなの流行ってるんだろ」

「あ、ぼくは好きかな。旅行とかいくとき……」

「お前、なにいってんだよ、旅行なんて年に何回いくねんって話だよ」

「でもさ、あれって乗ってたら……」

「街中で大きな車に乗るのは効率が悪すぎだって。絶対にセダンがいちばんだよ」

Iさんが友人の意見をないがしろにしていることに、Jさんは苛立ちを覚えた。

「ちょっと寒いな。みんなも寒いだろ。エアコン、マックスにするわ。あ、この曲、いま流れてるこの曲、ぜんぜん良くないよな。なんでこんなのが売れるんだろ」

「おれ今度このひとたちのライブに……」

「ライブといえば今度、来日するバンドのチケット応募したんだけどさ――」

一方的な彼に反論しても無意味だとわかっていたので、Jさんは口を閉ざしていた。


翌日の帰り道、トラブルが起こった。

彼らが温泉をでたあと、車で信号待ちをしているときエンジンがとまったのだ。

「あれ？　なんで？　あれ？」

運転していたJさんは焦って、もう一度エンジンをかけようとする。

他の友人たちは「大丈夫か」「故障か」と心配して声をかけてきた。

「わかんない。とりあえず、うしろに他の車が詰まってるから先にいかせよう」

全員で降り、車を道の脇まで押して邪魔にならないようにする。

「くそ、最悪だ。どうしよう。バッテリーかな？　ヤバいな」

Jさんが必死に故障を調べていると、Iさんがしゃべりだす。

「だからメンテナンスが大事なんだって。おれだったら、ちゃんとしておくね」

Jさんはその言葉にカチンときて、Iさんの顔を見つめた。

「お前だったらなんて、いま聞きたくねえんだよ。そんな話のタイミングか？」

Ｊさんの怒りに友人たちは顔色を変えたが、Ｉさんは気づかない。

「だってさ、おれは毎月必ず点検してるし、こういう状況は避けたいじゃん」

その瞬間、Ｊさんのなかでなにかが切れた。

「いい加減にしろよ！」

掴みかかろうとして、まわりの友人たちに「おい、よせっ」と制止された。

理性をかろうじて保って、深いため息をつき車に戻った。Ｉさんはおどろいていたが、彼の表情からは「なぜ怒られたのか」が理解できていないようすだった。


数日が経ち、ＪさんはＩさんとのつきあいを少し避けるようになっていた。

これ以上、彼の話を聞かされるのは耐えられないと感じたからだ。Ｉさんのほうからも ＬＩＮＥの連絡がくることは多かった。文章から気を使っていることがわかったが、Ｊさんにそれを受け入れる余裕はまだなかった。

連絡は毎日のようにあったが、ＩさんからのＬＩＮＥはある日突然、途絶えた。

いつもなら何気ないメッセージやどうでもいい情報が送られてくるのだが、半月近くも音信不通になった。さすがにＪさんは心配になり、彼に電話をかけた。

「もしもし。お前、最近どうしてるんだ？」

電話のむこうから返ってきた声は、どこか沈んだものだった。

「ああ。Ｊか。ちょっと、いろいろあってさ」

「いろいろって？　なにかあったのか？」

彼はしばらく黙ったあと、重々しい声でいった。

「実は変なことがあって。お前には聞いて欲しいんだけどさ……家で、ひとり」

ワンルームの部屋で、椅子に座って音楽を聴いていたときのことだった。

部屋のなかで、だれかの気配を感じたらしい。振り返るがだれもいない。

でも間違いなく何者かが入ってきたような気がする。いったいなんだろう？

音楽をとめて玄関のドア、台所、ユニットバスを確認するが特に異常はない。鍵が閉まっているのなら気のせいか、そう思って部屋に戻った。

するといままで自分が座っていた椅子に自分——なんとＩさんが座っていた。

顔も髪型も服装も、いまの自分と寸分違わぬ自分だ。

もうひとりのＩさんは、憐れなものを見るようなまなざしをむけてくる。

「な、なんだ、お前。だ、だれだよ」

Iさんが尋ねると、もうひとりのIさんは口を開いた。

な、なんだあ、お前。だ、だれだよお。

完全に同じ声だが、いいかたがまるで違っていた。

わざと声を甲高くして怒りを誘うような、バカにしている感じだった。

言葉を失っているIさんに、おれさあ、ともうひとりのIさんは笑っていった。

おれさあ、お前みたいなやつ、大っ嫌いなんだよね。

今度は普段のIさんの話しかただったが、悪意がこもった声だった。

ジャズとか聴かねえし。いまも聴いていたのロックだし。セダンとか興味ねえし。てかSUVのほうがカッコいいと思ってるし。その前に車なんか買う金ねえし。見栄ばっかりで恥ずかしくねえの？　マウントとれたら偉いの？　みんなお前のことどう思ってるかもわかんねえの？　裏垢とかバレてないと思ってるの？

もうひとりの自分が自分をなじりだした。

Iさんはめまいを覚えて、その場にしゃがみこんだ。

そのあいだも彼はIさんを罵倒し続ける。

どんな気分なの？　それって面白いの？　みじめじゃないの？

「やめろ、やめてくれ」

なにやめるの？　いつもお前がやってることじゃないの？　恥ずかしくないの？

「頼む、もうやめてくれ、おれが悪かった、悪かったから……」

なに頼んでるの？　なにが悪かったの？　これからもそのまま生きていくの？

「わかった……もうわかったから……」

Ｉさんはなぜか泣きだし、助けて欲しいという気持ちでいっぱいになった。

もうひとりのＩさんは人差し指を自分の口に突っこみ、ちゅぱっと、とりだした。

お前は、ダメだ。

そういうと目の前のパソコンの画面に、指で大きなバツを書いて消えた。

残された血のような赤いバツを見つめたＩさんは、涙がとまらなくなった。

話を聞いたＪさんはおどろき、本気でいっているのか確かめたくなった。

通話からビデオ通話のボタンを押すと、Ｉさんもビデオ通話に変えた。

「なんだその話。酔っぱらっていたんじゃないのか？」

Ｉさんは少し痩せており、顔色も悪かった。

「大丈夫か。メシ喰ってるのか？」

「最近、食欲なくて……なあ、ネットで調べたんだけどさ、ドッペルゲンガーって知ってるか？　もうひとりの自分。逢ったら死ぬらしい。おれ、死ぬのかなあ？」

Ｉさんを元気づけるために居酒屋に誘った。

居酒屋から家に帰るころ、彼を憎たらしいと思う気持ちはもう消えていたという。

女性はどうか知らないが、男性同士の性格の不一致によるトラブルは案外多い。

Iさんのようなマウントとるのが大好きなひとも、きっと男性では多いと思う。

主張が強い理由、または主張そのものが存在する理由としては、本能として群体を生き抜くためだとか、群れを守るためだとか、生物チックな説明や説があるのだろう。

しかし現代の文明が栄えている地域においてそのほとんどは、ただのイヤな奴という、みみっちい結論になるのも否めない。生存競争のような仕事社会でそれが役に立っているひともいるのだろうが、基本的にはただウザいだけという感想。マウント、ウザい。ウザい、マウント。みんなも覚えておこう。


現れたのはドッペルゲンガーだったのでは？　という憶測で終わるこの話。

実際にIさん本人もかなり怖がっていたようだが、彼は現在も元気に過ごしている。

このことを踏まえると、現象の説が浮かんできた。

良心の呵責による幻覚だ。

人間は自分の性質を簡単に変えることができない。このままじゃダメだとわかっていてもそれを簡単に変えることができない哀しき性。しかし、よほどの鈍感じゃない限りまわりの自分に対する反応も認識できるはずだ。

思うに、Ｊさんとの一件から、Ｉさんは自分がＪさんに、そしてまわりの友人たちに、どう思われているのか初めてわかったのではないだろうか。

それをなんとかしたいという気持ちがあっても、変えることのできないストレスから精神が乖離状態のようなものを起こし、もうひとりの幻覚の自分に説教をされたという説だ。

しかし、これでは画面にバツの文字が残されたのは説明がつかない。

実は、テレビ通話のときにＪさんはこの文字を確認している。

幻覚のような症状が、なにか証拠を残していくのは妙である。

この事例は今後、怪談を深読みするときに参考にしたいので保留としておく。

ひとつ追記しておくと、この出来事からＩさんの性格はずいぶん変わり、友人思いの良いやつになったそうじゃ。めでたし、めでたし。

隣人の一件

その家族の暮らしは静かで平穏だった。

特になんの問題もなく日々が過ぎていく。家は住宅街の端にあり、となりにはちいさなアパートが一棟だけ建っていた。そのアパートもまた静かで、住人たちが出入りするようすを見かけることも、ほとんどなかった。

そんな静けさはアパートの一階に新しい住人が引っ越してきてから崩れていく。

「新しいひと、となりのアパートに引っ越してきたみたいだな」

食卓で父親が母親に話しかける。

「うん、引っ越しのトラック見たよ。結構、荷物が多かったみたいだね」

「最近は物騒だからな。変なひとじゃなきゃいいけど。お前も気をつけろよ」

父親は娘にむかって注意をうながすと食事を続けた。

家族は特に気にとめることもなく、いつも通りの生活を続けていた。

しかし、徐々に騒音に悩まされるようになっていく。

最初は数日に一度くらいだった。なにかを叩くような音や、物が倒れる音が聞こえる程度だった。それが少しずつ増えてきて、音も次第に大きくなっていった。

「昨夜もまた物音がしてた。隣のアパートからだと思うんだけど」

母親が心配そうにいうと、父親はうなずいた。

「確かに、最近ちょっと音が大きいな。きっと、まだ荷物を整理しているんだよ」

新しい住人が落ちつけば、騒音もなくなるだろうと思っていたのだ。

しかし、その希望は叶わなかった。

日を追うごとに騒音は増えていき、ひと月も経つころには酷い状態になった。


その深夜、時計の針が午前一時をまわったころだった。

となりのアパート、あの住人の部屋から大音量のテレビの音が鳴り響いてきた。

お笑い芸人の甲高い笑い声やアイドルがはしゃぐ声がアパートの部屋から漏れだし、静かな住宅街に不釣りあいな喧騒が広がった。

「もう我慢できない！」

　母親が耐えかねて声をあげた。

「こんな時間にテレビを大きな音で観るなんて、非常識にもほどがある！」

　父親は同意して「おれが苦情をいいにいってくる」と立ちあがる。

　彼は穏やかな男だったが、さすがに堪忍袋の緒が切れたのだ。

　玄関をでた父親はアパートにむかった。一階の件の部屋の前につくと深呼吸して、軽くノックする。しばらくしてドアが開き、テレビの音がアパートの廊下に広がった。それと同時に顔をだしたのは二十代後半くらいの若者だ。父親は無表情を保ちつつも怒気をこめて「夜分、すみませんが」といった瞬間、若者は父親の言葉が終わる前に、すばやく紐を父親の首にかけて、ちからいっぱい引っぱった。ぐえッと声をだし、前のめりに倒れる父親。指をかけて紐をほどこうとするが、若者はうしろをむいて肩に紐をかけ、そのまま部屋の奥に父親を引きずっていく。父親はなんとか立ちあがると両手で紐を握りしめ、しゃがみこみ紐を首から外した。

　若者はテーブルにおいてあったカッターナイフを手にとる。

「あんた、よくこの部屋にこれたもんだな」

充血した目で父親を睨みつけ、かちかちとカッターナイフの刃を伸ばした。

異常者――父親の頭にそんな言葉が浮かぶ。

手を前にだし「待て。や、やめろッ」と若者を落ちつかせようとした。

「やめろ？　いまさらなんだよ。お前のほうからやってきたんだろ」

「なに？　おれがなにをやったってうんだ？　だれかと間違えてるぞ」

「とぼけるなよ。あんたに決まってるだろ」

若者はカッターナイフを振りあげて、その刃先を父親にむけた。

「待てって！　本当に間違えてるって！　おれがだれかわかってるのか？」

「となりのおっさんだろ。ウンザリなんだよ。嫌がらせばっかりしてきやがって」

「嫌がらせ？　なんのことだ？」

父親が尋ねると、若者はみるみる顔を紅潮させていった。

彼はいま普通の状態じゃない、余計なことはいわないほうがいい。そう思った父親はすぐにカッターナイフを避けられるようにかまえて「すまん！」と謝った。

「悪いと思っている！　教えてくれ、どうしたら許してくれるんだ！」

若者の表情に、かすかに反応があったように思えたがダメだった。

「嫁も娘も殺してやるッ」

凶刃を振りおろそうとしたそのとき、若者の躰が宙に浮いて父親のほうへ飛んだ。

開けたままになっていた部屋の入口に、体格のいい男性が立っている。

「こんな時間になにやってんだ、この○○どもが！」

蹴り飛ばされた若者の躰が直撃したが、父親は慌てて男性に助けを求めた。


騒音を聞いてやってきた男性は、アパートの二階に住む大家だという。

テレビを消して若者を正座させる前に、動きを封じようとしたのか、若者の顔を何発か殴ったので彼の顔は腫れあがっていた。大家は半袖とパンツだけだったが、和彫りの墨が手首まで入っており、とんでもない過去を連想させる人物だった。

「大家さんですか？　確かもっと年配のかただったかと」

「それ、祖父ちゃん。最近、ホームにいくことになって、いまはおれが大家だ」

口の悪い大家だと父親は思ったが、とりあえず殺される心配はなくなった。

「それで？　おれはどうしたらいい？　警察呼んだらいいのか？　お前はなんでこのひとをカッターで殺そうとしていたんだ？」

「てめえ関係ねえだろ。お前も殺すぞ」

大家は「殺す？」と復唱すると、嬉しそうに笑って若者の前にしゃがみこんだ。

「いい度胸だ。この状況でよくいったな。どうやって殺すんだ？　あ？」

返事を待たずに大家はノーモーションで若者の頬を平手打ちした。

父親は「ちょっと、暴力はやめましょうよ！」と大家をとめる。

「その考えがこんなこころの弱いクソガキをつくるんだ。ナイフで物事を解決できるって考えるバカを。ほれ、座れ。正座だろ……正座せんかッ」

さっきまで流れていたテレビの音量よりも大きい声で大家は怒鳴った。

若者はすっかり肝を冷やしたのか、慌てて躰を起こして正座した。

「な、なれてますね……」

「お？　ああ、まあな。さてクソガキ。名前なんだっけ？　○○くんだったかな」

「は、はい、そうです。ど、どうして名前を」

テーブルにあった煙草をくわえると「大家だから」と火をつけた。

「んで？　なんでこのひと殺そうとしたの？」

「このおっさんが悪いんです。引っ越してきてから嫌がらせばっかりして」

大家は紫煙を吐きながら「そうなの？」と父親のほうをむいた。

「と、とんでもない。逆です。この子が騒音を立てて嫌がらせしているんです！」

大家は煙を吸いながら「そうなの？」と若者のほうをむいた。

「お前、ウソばっかりつくんじゃねえよッ、ふざけんな！　ふざけんなよッ」

大家は紫煙を吐きながら「うるさい」と若者に平手打ちをした。

「このおじさんがどんな嫌がらせをしたんだ？　静かに、そして敬語で話せ」

脳が揺れているのか、星を散らせながら若者は説明した。

「お、おれが引っ越してきてから、ずっとこのひとたち、監視するみたいにこの部屋の窓を見てきて、夜になったら嫌がらせするんです」

大家は「このひとたち？　たちって？」と首をかしげて父親のほうをむいた。

「たちっていうのは妻と娘のことだと思います。ぼくらは三人暮らしで、そこの窓から見える家に住んでます。でも監視とか窓から嫌がらせとか、していません」

大家と父親が窓の外に目をやると、自宅から母親が心配そうにこっちを見ていた。

「あれが奥さんね。窓から嫌がらせしてるってなにか勘違いしてたってことか？　それで騒音をだしてたのね。騒音で対抗ってお前ダサいな。なんで直接いいにいかないんだ？　お前の対抗手段は他の住人にも迷惑だって考えなかったのか？」

「……迷惑だったのか？」

「敬語。迷惑に決まってるだろうがバカが。大家さまのところに苦情きてたぞ」

「そ、そうなんですか？」

「若いから仕方ねえ、いえる機会がくるまで許してやるかって思ってたけどよ。刃物はマズいだろ。しかも黄色いカッターナイフって。可愛いなお前」

家主はカッターナイフを若者の正座している膝に優しくのせて笑った。

刺せるものならいま刺してみろということなのだろう。すっかり委縮した若者はそんな気を失ってしまっているようで、怯えながらカッターナイフを膝からどけた。

「でも……怖かったんです。だって窓の外を見るたびですよ。むこうの家のあっちの窓から、次はこっちの窓から。一階の窓だったり、二階の窓だったり！　そんなの嫌がらせに決まってるじゃないですか。あんな子ども使って！　そんなの怖いに決まってるでしょ！」

よほどストレスを感じていたのか、若者は我慢しきれず泣きだした。

「静かにね。当アパートの住民たちはお休み中なので。子どもってなんだ？」

「ぼくの娘のことですかね？　でも一度も窓のそばに立っているところ、見たことないけど」

「んで？　どうする、おじさん。殺されかけたのはあんただ。警察呼ぶか？」

若者は涙をふきながら怯えた目でこちらを見上げた。

叱られた子どもを追いつめて、いじめている気分になった。

「なあ。きみ。きっとぼくの家族やぼくが勘違いさせたんだろう。それはこちらの落ち度だ。悪かった。謝る。いわれてみれば、うちはカーテンがない窓もある。たまたま見えた姿が、きみにとっては監視されているように映ったのかもしれない。嫌がらせなんてする気はない。本当だ。ぼくたちは静かに暮らしたいだけなんだ。もう騒音を立てないって約束してくれるなら、この件はここで終わらせたい。カーテンもつけるようにする。そうだ、携帯の番号を教えよう。もしまた嫌がらせかもしれないって思ったら、携帯に遠慮なくかけてくれ。な。そうしてくれ」

若者は涙を拭いてうなずき「こちらこそ、すみませんでした」と頭をさげた。

「偉いぞ」「よく謝れた」と声が聞こえたので父親と大家が振り返る。

いつの間にか部屋の入口にはアパートの住人たちが集まっていた。

大家の一喝で全員、部屋に戻っていくようすは刑務所のようだったという。

父親が家に帰ると、母親が心配そうに出迎えてくれた。

「遅かったわね。何人かで話してたっぽいけど、大丈夫？」

「ああ。窓から見てたんだったな。大丈夫。明日カーテンを買いにいって解決さ」

父親はリビングのテーブルに座って、目の前の娘の席を指さした。

「この子、動きまわって窓から外を覗いたりしてるみたい。注意しなきゃな」

母親は「また？」と椅子に座った等身大の人形の頭をなでた。

「伊計さん。伊計さん。私の声が聞こえますか？」

「あなたは？　あなたはいったいだれなの？」

「私は怪談の妖精。いつも頑張っているあなたに逢いにきました」

「怪談の……妖精？　怪談の妖精さん！　ぼくをお金持ちにしてください！　あと、この地下牢からだして！　無理なら、せめてこの鎖をもう少しだけ長く――」

「伊計さん。落ちついてください。私はそういう神龍的なものではありません。あなたの悩みを解決しにきたのです。とはいっても、アドバイスですけどね」

「ぼくの悩み？　アドバイス？」

「ずっと怪談ばっかり書いてきたあなたの悩みはわかります。ときどき違う形式のものを書きたくなるんですね。そうでしょう、そうでしょう。わかります、その気持ち。簡単です。実話でも角度を変えてみたら、違う書きかたできるんですよ」

「角度を変える？　そ、そんなことしたら体験者のひと、怒ったりしませんか？」

「しません。そんなミクロなこころの持ち主は、取材のときいなかったハズです」

「で、でも最近はＳＮＳで怪談の取材のやり方にうるさいひとも多いし。こんなの実話怪談じゃないとかいわれて怒られたら、どうしよう。誹謗中傷も怖いし」

「SNSで誹謗中傷するひとは開示請求して訴えればいいのです。確かにいますね。怪談とは？　実話とは？　そんなことをやたらネットで話したがるひとたちが。主張する前に腕を磨けばいいのにそれはやらない。彼らにはいないのです。友だちが」

「友だちが、いない？」

「そうです。彼らには友だちがいない。なんでも話せて、それを聞いてくれるひとがいたら、メガホンを持って公の場で叫ぶ必要、ないとは思いませんか」

「うん、そうかもしれない」

「その方々は自分で自分の考えに、値打ちがあると思っているダサ男なのです」

「でも、でも、書きかたを変えたら、竹書房だって怒るかもしれない」

「怒りません。竹書房のひとたちは、みんなおおらかで優しいのです。まずは読んでいて面白いものを書くようにしましょう。いつも通りに」

「いつも通り？　ぼくの書いているものが……面白い？」

「大丈夫です。自信を持ちなさい。角度を変えて書くのです」

「そ、そうだな、た、例えば、人形の娘さんがいて、その人形が勝手に動きまわっている実話があるんですけど、ミスリードにしてしまって、最後に娘は人形だったたってオチにするのは……」

「アリです。面白いじゃないですか」

「ありがとう、怪談の妖精さん！　頑張ります！　だから、ぼくをお金持ちに」

「その調子、その調子。自信を持って生きなさい。生きなさい。生きなさい――」

「さようなら！　さようなら！」


さて、普通の家族のように見えて、実は普通ではないという系統の話だ。

この話を聞いたのは騒音を立てている若者のほうで、トラブルのあと、仲良くなって家に遊びにいったら人形を大事にしていたが、実際に自分が窓から見たのは生きているおんなの子だったハズ、というのが実際の流れだ。ある御方からのアドバイスがあったから少し変わった書きかたをしたが、そこまで話は変えていない。

この夫婦、幼い娘を亡くした過去があるとか、そういったことはまったくない。人形を娘としていることによって、こころが落ちつくというのが本当の理由だ。他人から見ると奇妙に思えるかもしれないが、だれにも迷惑をかけていないし、別に構わないと私は思う。それに人形に話しかけること自体、特別妙なことだとも思わない。世のなか、動物に話しかけるひとはたくさんいるし、子どものころ人形や玩具を大事にして人間のように扱ったかたも多いのではないだろうか。私の知りあいにも結婚指輪をすごく大事にして、話しかけるひとがいる。もう生きものの形ですらないのに。いいかえるのならば「物を大切にする」につながるということ。

古来より、付喪神が信仰として存在することを考えれば、大事にしていた人形が動きだすことは不思議でもなんでもないのかもしれない。この夫婦も愛情から人形に話しかけ、そして話しかけられてもいたのだろう。だから怪談の妖精と話しても問題はないのだ。

テントの一夜

風が吹き木々のざわめく音があたりを包んでいた。

ソロキャンプの場所に選んだのは、ひと気のない山のなか、街から離れた静かな場所だった。日々の忙しさから逃れるために、この場所を選んだのは正解だったと、一泊を楽しむ男性は思っていた。日が沈む前に設営を終え、火を焚いてゆっくりとした時間を過ごす。夕方の冷えこむ空気のなか、薪がはぜる音が心地よい。火の前に座りながら珈琲を片手に風景を眺め、男性は満足感で満たされていた。

「こういう時間がやっぱりいちばんだな」

ひとり言を漏らし、ゆっくりと珈琲をすする。

夜の帳が降りて星がきらめき、虫の声が静かに響いていた。都会では決して味わえない静けさが心も躰もいやしてくれる。少し冷えこんできたので、テントに戻り、寝袋に潜りこむことにした。

テントのなかは、外とは違って一段と静かだ。

寝袋に入ると、すぐに眠りに落ちる準備をはじめた。火はすでに消えて、外は完全に闇に包まれている。遠くで風が木々を揺らす音がかすかに聞こえるだけだ。

しばらくして、眠りに落ちかけたそのとき、不意にテントの外から声がした。

「なあ、ちょっと」

男性は夢でも見ているのかと思った。しかし次の瞬間、再び声が聞こえた。

「なあ、ちょっと。そこのひと」

今度は確かに、低くハッキリとした声が耳に届いた。

はッと目を覚まし、躰を起こした。だれかがテントの外から声をかけているのだ。

「だれですか?」

男性は寝袋から抜けだし、耳をすませた。

ところが返事は返ってこない。しばらく動かずに気配を探したが、なにも聞こえない。風の音もやんだようで、あたりは不気味な静寂に包まれていた。

「だれかいるのか?」

　男性は再び声をあげ、テントのジッパーを開けた。

　外は漆黒の闇だ。ライトを手にとり、外を照らしながら慎重にテントから顔をだしたが、だれの姿もなかった。周囲には木々と岩肌が広がるだけで、人影どころか生き物の気配すらない。首をかしげた。確かに聞こえたはずだが――。

　気のせいかとひとりごちるが、なんとなく背中がぞくっとした。テントに戻り、落ちつこうとするが、こころに不安が広がっていく。この静けさが突然、恐ろしいものに思えてきた。なにかがおかしい。いつものキャンプとは違う、不安定な空気が漂っている。

　男性は再び寝袋にもぐりこんだが、さっきの声が頭から離れない。

　しばらく寝返りを打ちながら眠ろうとするが、時間だけが過ぎていく。そして。

「なあ、ちょっと」

　テントのすぐそばから聞こえて心臓が飛びだしそうになった。

　今度は間違いなくだれかがいる。男性はテントの外を確認することをためらったが、結局ライトを手にとり、ジッパーを再び開けた。震える手でライトを外にむける。そこには、だれもいない。

「おかしい……確かに聞こえたはずだ」

テントのまわりを照らすが、なにも見つからない。森のなかの影がライトの光で揺れているだけだった。心臓が早鐘を打ち、その場に立ち尽くす。

「だれも……いない、のか？」

尋ねても応答はなく、ただ静けさが戻ってくるだけだった。

テントのなかに戻ろうとしたそのとき、背後でなにかが動いた。

カサリと葉が揺れる音。男性はおそるおそる振り返った。ライトを当てるが、そこにはだれもいない。ただ、葉が揺れているだけだった。

男性は疲れたように「もういい……」とつぶやくと、テントに戻る。

しばらくの間、眠れずに横たわっていた。

不安は消えるどころか、ますます大きくなっていく。それでもなんとかして眠ろうと試みていたそのとき、テント全体が、ばんッばんッと不自然に揺れはじめた。

「な、なんだ！」

突然の異常におどろいた男性は飛び起きた。

テントが風で揺れているのではない。まるで何者かがテントを叩いているかのように、強く揺れ続けているのだ。男性が恐怖に駆られていると再び声が聞こえる。

「なあ、でろよ」

顔をつけて男性に話しかけているらしく、テントの布が声で振動している。

「なあッ！　でてこいってッ」

声が怒気をはらみ、異様なものへと変わっていく。

男性は「や、やめろ、やめてくれッ」と震えながら耳をふさいだ。

恐怖が頂点に達したとき、突然テントの揺れがとまった。

声も消え、再び静寂が戻ってきた。それでも男性はしばらく動けなかった。全身が震えて呼吸も荒くなっていたが、ようやく意を決してテントのジッパーを開けた。

テントからでて周囲を確かめ、やはりだれもいないことを確認すると、男性はその場にへたりこんだ。狂いそうなほどの恐怖と疲労感が一気に押し寄せてきた。

「な、なんなんだ……」

その場から逃げだしたくなったが、夜に山中をいくのは危険だと理解していた。

陽が昇るまで耐えるしかない。

こんな状況でひと晩を過ごすのは恐ろしいが仕方がない。

そのあと、男性はテントの外で震えながら、夜が明けるのを待った。

太陽が昇りはじめ、ようやくあたりが明るくなった。

男性は急いでテントを片付け、二度とここには戻らないと、その場を離れる。

ここへ到着したときには気づかなかった看板に「〇〇古墳跡」と書かれていた。

ひとりの男性が恐怖の一夜を過ごす話である。

こういった怪談は大したことが起きていないように思えるかもしれないが、体験者の身になったとき最も恐ろしい系統かもしれない。逃げる場所もなく、恐怖の対象が霊なのか人間なのかもわからない。いや、人間であったほうがきっと恐ろしいのだろう。似たようなソロキャンプでの体験談を女性から聞いたことがある。


最初は熊かと思ったんです。けもの特有のひくい唸り声だったので。

ところがテントのまわり、いくつかの箇所から同時に聞こえて。

あ、これ人間だ、何人かの男のひとがテントを囲んでいる——そう思いました。

こんな山奥、大声で助けを呼んでもだれにも届かないとわかっていました。むこうもそれを知っているのでしょう、唸り声はいつしか笑い声に変わっていました。

私は有事にそなえるため、持っていたサバイバルナイフをそっとリュックからだして握りしめていました。

ところが、なにかしてくるワケでもなく、立ち去るわけでもない。

その数人の人影は、ずっとテントの周囲に立っていて、ただ笑っている。

私はそのとき初めておかしいと思いました。

テントの布越しにわかったのですが、彼らはなんの灯りも持っていない。

月の光も届かない森のなか、そんなことは絶対にあり得ないんです。

いったいどういうことなのか考えを巡らせていると、テントを囲む笑い声がだんだんと大きくなってきて――。


ちなみにこの女性、朝になってテントのまわりを調べた。

きっちり地面に足跡が残っており、森からでるときに逢った地元の老人に「このへんは変な男のひとたちが夜、明かりも持たずにウロウロしているから気をつけたほうがいいよ」と注意されたらしい。こうなると犯罪的なものより、集団での変質的な行動のほうが目的がわからず気味が悪い。いったいなにがしたかったのか。


さて、男性が聞いた「なあ」という声はなんだったのだろうか。

足跡などは発見していないが、それだけで人間ではなかったと決めつけるのは早計のように思える。人間であっても霊であっても、テントを叩くという行為は干渉が酷すぎてとても迷惑なのは間違いない。ソロキャンプにいく際は、念のために身を守る武器と御札を装備していったほうがいいかもしれない。

それにしても、怪談体験をする場所で古墳の近くが多いのはいったいどういう理由なのだろう。古墳は三世紀半前から七世紀にかけて創られたとされる古代の墓である。にもかかわらず、そこで起こる現象は現代の都会で起こる怪異となんら変わらないので、古代人の霊の仕業とも思えない。まるで古墳自体に霊を呼び寄せるオーパーツ的な機能がついているように思えるほど怪談が多いので、皆さんも是非、遊びにいってくださいませ。その際にはサバイバルナイフと御札もお忘れなく。

邪推ホテル

その週末、ちょっと良いホテルに私は彼と泊まることになりました。

特になにか特別な日というワケではなかったけれど、なんだかリフレッシュしたい気分だったし、彼も仕事で忙しい日々が続いていたので、ちょっとした息抜きとしてホテルにいこう、という話になったんです。

そこは街の喧騒から少し離れた場所にあって、静かで落ちついた雰囲気。ネットで選んだ部屋は高層階で、広くて景観がいい部屋と高評価の星がついていました。

近くのレストランで食事をすませたあと、チェックインをして部屋に入りました。

私と彼は、すぐに窓際のソファに座りこみます。

眼下には夜の街並みが広がり、ずっと遠くまでビルの灯りが宝石のように輝いていました。私はその景色を眺めながらリラックスしました。彼と軽くお酒を呑み、なんでもない話をして笑いあっていました。

彼があくびをしたので時計を見ると、もう夜中の二時を過ぎていました。

私はまだ起きていたかったけど、無理につきあわせたら悪いと思って、彼をベッドにうながしました。お風呂は明日の朝に入ろうと提案して。

私は洗面所で化粧だけ落としてから、彼のとなりに横になります。

すると彼がふと目を開けて私を見ました。その目に違和感があった。

いつもとは違う、なにかを確かめるような、どこか意識がしっかりした感じ。

どうしたのと声をかけると、彼は目だけで周囲を見回していいました。

「……この部屋、何人もいる気がする」

その言葉を聞いて、ぞッとしました。

部屋には私たちふたりしかいないはず。それなのに、彼はまるで他にだれかがいるようなことをいっている。冗談でしょ？　と軽く笑いながらいったけど、彼の顔は真剣そのもので、笑いかえしてくる気配がないんです。

「本当に、いるんだ……さっきからウロウロしてる」

そのとき、部屋の空気が急に冷たくなったように感じました。

冬だったので暖房もつけっぱなしにしていたんです。
それなのに冷たい空気が肌にまとわりつくような感覚がする。
私は怖くなってきました。
そんなワケないでしょといいながら彼を、そして自分を寝かせようとしました。
彼がなにかに怯えているようすを目にしたのは初めてです。
普段はクールで落ちついている彼が、こんなに怖がるなんて信じられなかった。
それに、彼がいっていることが現実味を帯びてきたんです。
部屋のなかをひとが動いているような感覚がある。
暖房の風がさえぎられて、だれかがベッドの横を通過していく。
そんな空気の動きを感じるんです。
私は、疲れてるだけよ、と彼の手をにぎりました。
でも、彼は次の瞬間、またおどろくようなことをいうんです。
「……だれか、さっきから足をつかんでるんだ」
涙目の訴えに私は凍りつきました。
錯覚だろうと思って、ベッドの下に目をむけましたが位置的に見えません。

私は上半身を起こして、彼の足元を確かめるために布団をめくりました。

彼の足元に手があったんです。

ベッドの下から白い腕が伸びて、細い指が彼の足首をしっかりとつかんでいる。

私の叫び声が部屋中に響き渡って、一瞬で混乱してしまいました。

ただ、その場から逃げだしたい一心で、彼を引っぱりベッドを飛びだしました。

バスルームの前まで移動すると「見て」と彼が指さします。寝台とマットレスのあいだから、白い顔のおんなが頭と左肩をだし、だらっと腕を床に垂らしています。口をぱくぱくと動かして、なにかをいおうとしているようでした。

ルームカードも持たず、廊下にでて。がたがた全身が震えてとまりませんでした。

彼も言葉を失い、ホテルのフロントまで助けを呼びにいきました。


とりあえず別の部屋を用意してもらい、彼にくっついて眠りました。

朝になり、少しは落ちついて。

荷物があの部屋においたままだから、どうしようかと思っていると、部屋のベルが鳴り、ホテルのひとたちが三人やってきました。支配人と、なにかの役職のひとでしょうか、スーツの従業員二名です。

三人は説明をはじめました。

侵入者があったのではないかと思って部屋を調べたが、だれもいなかったこと。

部屋のドアのオートロックは正常だったこと。

廊下に備えつけられているカメラにも、なにも映ってなかったこと。

それらは自分たちに非がないことを遠回しに、弁解しているようにも思えました。

私はとりあえずこのホテルからでたかったのですが、支配人たちはくどくどと説明をした挙句、評判を落とされると困るという理由から、示談金を払いたいので他言無用の書類にサインをしてもらえないかと頼んできました。

特に大ごとにするつもりもなかったので断ったのですが、金額を見て彼氏がおどろき、結局お金欲しさにサインをすることにしました。

でも、考えて見たらやっぱり変ですよ。

自分たちに非がないなら、そんなお金払う必要ありますかね。あのひとたち、なにか知っていたんじゃないでしょうか。手際も良すぎるように思えるし。

そんな風に、いまとなったらどうしても邪推をしてしまうんです。

でも、そのホテルのことを広める気はありません。だってつながりなんか持ってしまって、あのおんなが家のベッドに現れたら怖いですから。

家のベッドにきたら怖いとおっしゃっていたが、全部教えてもらった。ホテルの名前も部屋番号もぜーんぶ、なにもかもだ。ひとの口に戸は立てられぬって言葉、初めて頭に思い浮かべながら聞いた。でも、なぜか示談金の金額だけは教えてもらえなかった。予想では数十万単位ではないかと思っているが、なぜそこだけ教えてくれないのか意味がわからない。芸能人のスキャンダルなどのニュースで私は浮気を許せないとか憤慨している主婦が、キスは浮気じゃないとかいって若い男とイチャイチャしている感じにそっくりだ。

さてこの話、私は怪談にしては珍しい展開だと思った。

支配人まで現れて口止めしているあたりが滅多にないもので、確かに怪しく思える。このホテルは私の住んでいる部屋が汚い豚小屋に見えるほど、豪華な部屋をそろえていて、かなりの歴史があり、ここでホテルの名前を書いたら百パーセント訴えられて私は滅びると理解できる、韓国の財閥ドラマばりに強大なグループだ。

それでも性格が悪いので調べまくった結果――いっさいなにもなかった。

なんの事件も事故もない。いや、なさすぎるのだ。

老舗で高層階まであるホテルでここまでなにもないのは、もはや火消し班がいるのではないかと考えてしまうほど、私のこころは卑しく歪みきっていることがよくわかる。しかし、事故物件サイトなどで確かめてもわかるように、ある程度の都会にあり、歴史があるホテルには残念ながら必ず「そういったこと」が起こっている。だからこそ疑問なのだ。


強いて深読みするならば。ホテル側はそういったことに敏感で、風評被害が起きないよう気を使いネットをかなりチェックしている。そして、現れたおんなのことをなにか知っているが、金銭では解決できず困っているのではないだろうか——などと邪推をさせてしまう怪談マニア垂涎のホテル。

略して邪推ホテルなのである。

ご先祖さまがいる

旦那が仕事で家を空けることになってしまい、少し退屈していました。ヒマを持て余した私は、実家に息子を連れていくことにしました。

お祖父ちゃんとお祖母ちゃんが大好きな息子は、実家にいくといつも楽しそうだし、私自身も正直、両親に息子の相手をさせるとゆっくりできるからです。

実家につくと、息子はすぐにお祖父ちゃんとお祖母ちゃんのもとへ走り寄っていきました。満面の笑みで抱きついていましたね。両親のもとで過ごす息子の姿を見ていると、いつも温かい気持ちになりますから。

その日、お昼を食べたあと、息子はいろいろな遊びをはじめました。

お祖父ちゃんと外でボール遊びをしたり、庭で昆虫を探したり、息子は目を輝かせながら楽しんでいます。お祖母ちゃんも一緒に折り紙を教えたりして、ほのぼのとした時間が流れていました。

夜、息子が寝る前に「今日はどんな遊びをしたの？」と訊きました。たいがい見ていましたから知っているんですけど、彼の口から感想を聞きたかったのです。

息子は嬉しそうにいろいろといっていました。

「おじいちゃんと外でボール投げしたの、あのね、おじいちゃんよりね、ぼくのほうがね、ボール投げるのね、上手いんだよ。あとね、おばあちゃんとね、折り紙の紙飛行機つくって、びゅーんって飛ばして遊んだの。あとね、お仏壇でも遊んだ」

仏壇で遊ぶとはどういうことだろうと思い、詳しく尋ねてみました。

「お仏壇にお水おいてね、鈴がりーんって鳴るの。ご先祖さまがお水を飲むの」

「ご先祖さまが飲むの？」

「うん。ぼくがおいたお水、少なくなってたの。おじいちゃんも見てたよ」

私は思わず苦笑してしまいました。

どうやら息子は仏壇に供えたお水が少なくなっているのを見て、ご先祖さまが飲んだと思いこんでいるようでした。空気が乾燥していたから蒸発しただけなのですが、こうやって目に見えないものを教えることが大切かもな、と私は思いました。

翌日も、息子は朝から元気いっぱいでした。

お祖父ちゃんと一緒に、またいろいろな遊びを楽しんでいました。私は自室の整理をしながら、のんびりと過ごしていました。あっという間に夕方になったので母と夕食の準備をはじめることにしました。野菜をカットしながら母とおしゃべりをしていると、息子が台所に駆けこんできて私のエプロンを引っぱります。

「こら。いまご飯の準備してるから、お祖父ちゃんに遊んでもらいなさい」

息子は興奮したようすで、目がキラキラしています。

「ママ、いま、ご先祖さまがお水を飲んでるから、こっちにきて」

「ご先祖さまが？　また仏壇で遊んでるの？」

母に「ちょっと見てくるね」と声をかけ、息子と一緒に台所をでました。

仏間はいつも通り静かで、お線香の香りがほんのりと漂っていました。

「あれ？　お祖父ちゃんはどこ？」

てっきり父と一緒だと思いこんでいたのですが、だれもいません。

息子はなにも答えず、まるでなにかをじっと見つめているようでした。

私は息子の視線を追って、仏壇にそなえられているコップに目をやりました。

「今日もお仏壇にお水あげたの？　偉いね。きっとご先祖さまも……」

息子の頭をなでながらコップを見て、妙なことに気づきました。

かすか、本当にかすかなんですけど、コップから煙があがっているんです。ドライアイスを水に浸けたとき、気化して白煙がでてきますよね。あれよりは何倍もうすいんですが、水蒸気みたいなものがコップからでているんです。

「お水になにか入れた？　どうしてこうなってるの？」

息子は指をくわえて興味深そうに、コップに見入っていました。

私は温度差でこれが起こっているのかと、考えながらコップに顔を近づけて観察しました。水の表面から回転するように、ゆっくりと蒸気があがっていきます。別にドライアイスのように、沸騰しているような泡も見てとれません。蒸気を目で追いかけていくと、コップのうえ、仏壇の前、天井のほうへと移動していきます。完全に顔をあげて天井が目に入ったとき、私は「あ」と声をだしました。

天井板の一枚がずれて、髪の長い男が顔をだしていたのです。黒目がなく、肌はぞっとするほど真っ白で、信じられないくらい大きく口を開けています。その口のなかに蒸気が吸いこまれていくのです。私は反射的に息子を抱きしめ、あとずさりました。男性は私に顔をむけて「うう」と唸って顔を引っこめました。

その瞬間、ずずっと天井板が動いて閉じたのです。

私は息子を抱いて居間に移動しました。

居間では父がお茶を飲んでいました。どうやら息子はコップばかり眺めて天井の男を見ていないらしく「お祖父ちゃんゲームしよう！」と無邪気なものでした。父は私に「どうした？　顔色が悪いぞ」といいましたが、私は特になにもいいませんでした。

二日ほど実家にはいましたが、仏間にはもう近づかなかったですね。


それからしばらくのあいだは実家にいく気になりませんでした。

家で寝るときも、天井の男のことを思いだして怖くなりました。

息子がうえを見上げなかったのがちょっとした救いです。

あんなの見たら、トラウマになっちゃうと思います。

あの男はなんだったのか、私には答えがわかりません。

男が顔をだしてなかったとしても、あんな短時間で、しかも目に見えるスピードで水が蒸発していく現象が普通とも思えません。

私が見ているあいだに絶対、水位が一センチはさがっていました。
普通、コップ一杯の水がなくなるのに二時間はかかると思います。
あれは、本当にご先祖さまがお水を飲んでいる姿だったのか。
それとも別のなにかが天井にいたのか——そして、いま現在もまだいるのか。
二〇二三年の夏、私が体験した話です。

楽しい時間をものの数秒で破壊されるイヤな話である。

この話、個人的には面白くて好きなのだが、それはご先祖さま、あるいはご先祖さまもどきが現れるくだりではない。水の気化という現象が起こっていることにある。

水が空気中に気化して離散するという現象そのものに私はロマンを感じる。

すべてのものはなにかに変化して、無になるということはない。

ステキではないか。

私があのころ受けた屈辱も、またはあのときあえて背負った屈辱も、そしていま抱いている屈辱感もすべて無駄ではなく、なにかしらの形に変化してちからになっている。思いだすのが屈辱ばかりなのはいいとして、とにかくこのような考えかたを持てば明日もがんばれる気がする。うん、脱線してるので話を戻そう。

そもそもコップの水がなくなる理由をご存知だろうか。

空気との接触面、温度や湿度の影響、空気の動きなどが関係するが、簡単にいうと蒸発した水の分子は気体の水蒸気として空気中に拡散するからだ。

見えなくなるだけで、消えてなくなるワケではない（↑ここロマン）。湿度の高い場所では水蒸気が冷やされて、再び液体の水に戻ることもあり（↑ここもちょっとロマン）、それが冬場、加湿器をつけていたら窓につく水滴の正体、結露なのである。

放置されたコップの水は、環境条件で蒸発し、空気中に溶けこむ。自然のなかで水が循環しているプロセスの一部なのだ。

いま私のことを物知りと思ったあなた。私的にはそのままそう思い続けてくれれば、なんか株があがったような気になるが、ネットで調べたことをコピペして書きかえる大人を信用しないほうがいい。

条件によって水が気化するスピードはずいぶん変わる。先に記した、気化に関係する事項のことだが、もっとも実感できるのはコップ一杯の水を二〇〇ミリリットルとして、そのまま室内に放置しておくのと、同じ室内の床一面にばらまくのでは、どちらが渇くのが早いかということだろう。

東京工科大学の調べによると、あらゆる条件を考えての平均、一日に最大10センチから最小0．1ミリセンチの水が気化するとされている。

最大一〇センチというのもすごい数字だが、相当な高温か強風かド乾燥の条件でもこれくらいということだろう。さすがに食事をしている最中に呑んでいるお茶が蒸発してなくなったという話は聞いたことがない（恐ろしいことに怪談ではある。なんでもありですな）。

さて、ここまでの知ったかぶった説明をお読みになって、気づいただろうか。

ご先祖さまの話の最後にポイントがある。

話者は「コップの水がなくなるのに二時間はかかると思う」と語っている。

取材した怪談師は話者に、何度もその点を確認した。

そういうものでしょうと、なぜそこを確認するのか、と不思議がった。

どうして話者は、そんな短時間で水が蒸発するという考えを持っているのか。

彼女が気化現象のことを知っているのか否かは関係ない。

彼女の実家では水が異様にはやく蒸発してきたのだ。それが当たり前になっているから、短時間で蒸発するのを異常と思っていない。
ようするに、天井の男はむかしから家にずっといた、ということだ。

ドライブなふたり

彼女が予定を計画して、それを楽しみにするふたり。

「今週は仕事、ほとんどいけなかったから退屈だったな。しかも明日から連休か」

「ねぇ、せっかくの連休だからさ、私の育った村にいってみない？」

「きみの村か。いいね。いってみたいと思ってたんだ。かなり田舎なんだよね？」

「そうだよ。めちゃ自然がいっぱいで、リラックスできると思うよ」

「楽しみだな。どうやっていくの？　電車？　新幹線？　飛行機じゃないよね？」

「車だよ！　私が案内するから大丈夫」

「じゃあ、土曜日の朝に出発しようか。ナビはセットしておくね」

「ナビ動かないことがあるから、あたしがあなたのナビになる！　ちゅ！」

「げほげほ。了解。じゃあ、準備しておくよ」

当日、迎えにきた彼氏の車に乗りこみ、出発するふたり。

「おはよう、準備はいい？」

「おはよう！　うん、バッチリだよ。出発しよう！」

「うん、じゃあいこう！」

下道や高速を進み、楽しい雰囲気のなか、山間を進んでいくふたり。

「景色すごいね！　天気もいいし！　大自然って感じ」

「でしょ！　空気もぜんぜん違うんだから！　窓、開けてみようっと」

「あれ？　ナビ、おかしいな。道が表示されなくなった」

「あ。ナビの案内、消えた？」

「うん。ＧＰＳの信号が途切れてるみたい。そういえばいってたね」

「このあたりは山が多いからね。大丈夫。道、教えるから。心配しないで」

「わかった。じゃあ、次はどっちにいけばいい？」

一時間ほど走り、楽しい雰囲気が続くふたり。

「次の信号は右だね。あとはまた、しばらくまっすぐ」

「道、あってるのかな？　なんだか同じ景色が続いてる気がするけど」

「大丈夫だよ。このあたりは似たような風景ばかりだから」

「そうか。でも、ちょっと不安だな」

「心配しないでいいよ！　もうすぐ私の見慣れた景色がでてくるから！」

「あれ、なんか音がしない？」

「本当だ、なんか変な音がするね。ごろごろ、ごろごろって聞こえる」

「なんか怖い。ちょっと停めてみようか。外でて確かめよう」

「あ、これじゃない。パンクしてるみたいよ」

「えっ、どうしよう……あ、スペアタイヤがあるから交換したらいいんだよ！」

「できるの？　タイヤ交換」

「うん。でもこの道、せまくて危ないから、広い安全な場所で交換しよう」

交換終了、出発、おしゃべりやラジオの曲を楽しむふたり。

「でもさ、好きだけど、このバンドの新曲ってさ、いつも同じで、なんか……」

「ちょっと待って……雲行きが怪しくなってきた。もしかして雨とか降る？」

「……本当だね。予報では晴れだったのに。なんか真っ暗になってる」

「まあ、少しくらいの雨なら大丈夫だろ……って、わ！　降ってきた！　げほっ」

「わわ！　土砂降り。前が見えない！　危ないから休憩したほうがよくない？」

「うん、そうしよう。こんなに激しい雨、珍しいね。嵐みたいだ」

「これじゃあ走れないね。どうしよう……進むことも戻ることもできないよ」

天候回復、運転再開、彼女の好きなアニメ当てクイズをするふたり。

「正解！　鬼滅。じゃあ次、えっと、大きな剣持って黒いヨロイで戦うアニメ」

「大きな剣？　なんだろ……おお、すげえ晴れてきたよ。さっきのがウソみたい」

「ホントだ！　やったね！　このまま進んでいこう！」

「そうだね、あれ？　なんかデカい看板がでてきた、道のまんなかに」

「もしかして……通行止めになってる？　なんか書いてある。工事中？　うそ」

「迂回路はどこだろ。もしかしてこれ、けっこう戻らなきゃいけない？」

「あ、そこに道があるよ。イチかバチかいってみる？」

「そうだね、戻ったら一時間以上かかるし、イチかバチかいってみよう！」

「でも、この道、草ボーボーだよ。大丈夫かな？」

「ちょっと不安だけど、ここは神さまにお祈りしてGO！」

山道を三十分いき、ぬかるみで動けなくなるが落ちついているふたり。

「ねえ……これどうするの？　ヤバくない？」

「げほげほ。こんな道いくんじゃなかった。ヤバい、スマホの電波届いてない」

「対向車とかこないよね？」

「こないと思う。ってか、こんなになんにもない道、通らないよ、普通は」

「……そうね、ここまでくるとき、本当になにもなかったもんね」

「あーあ、しくじった……これ、どうしたらいいの？　歩いて戻るの？」

「この泥だらけの道を？　イヤよ。待ってるから、いってきてよ。助け呼びに」

はあはあを何度も連呼する仲の良いふたり。

「はあ？　お前がいこうっていったんじゃん。ひとのせいにすんなよ」

「はあ？　あたしのせい？　イチかバチかいってみよう！　っていったじゃん」

「はあ？　お前が先にいったよね、それって。ふざけんなよ」

「はあ？　運転してるのアンタでしょ？　お祈りとかいって入ったクセに」

「はあ？　だいたいお前、道あってるのかよ。もうずっとナビ動いてなかったし」

「はあ？　オンボロのナビだから動かないんでしょ？　だいたいアンタが……」

夜になってあたりは暗くなったが、おしゃべりを楽しむふたり。

「……」「……」

朝、彼氏がきた道を徒歩で戻り、助けを呼んで帰ってきたのを喜ぶふたり。

「遅すぎるでしょ？　なにしてんの？　のろま過ぎない？」

「二時間も歩いて、やっと見つけて帰ってきたのになんだよ、そのいいかた！」

「知るか、そんなこと！　お腹も空いてるのに、なんか買ってくるでしょ、普通！」

「バカか？　店なんてなかっただろ、くるときに！　自分で買いにいけ、ブタ！」

呆れる地元のおじさんに車をけん引されながらも、将来の話をするふたり。

「実家についたら別れるから。そのまま帰ってよね。つきあってられないわ」

「……おれのセリフだ。だいたいなんで送ってもらえると思ってるんですか？」

「え？　じゃあどうするのよ、あたしは？　どうやって実家に帰るのよ？」

「知るか。別れるのに実家とかいくワケないし。道路でたら五秒でサヨナラ」

「最後くらいちゃんとしてよ！　信じられない！　送りなさいよ、実家まで！」

「無理。なんか昨日から体調悪い。お前の腐った毒気のせいで熱っぽい」

「関係ないでしょ、そんなこと！　いいから送ってよ！」

「イ・ヤ・だ。腐ったお前と一緒にいたら病気になる。ヒッチハイクでもしろ」

「こんな山ヒッチハイクなんかできるワケないでしょ！　あんたこそ腐ってる！」

「神さま、この腐ったバカおんなをなんとかしてください。頭痛くなってきました」

「そのまま熱でろ！　死ね！　腐れよ！」

「なんだよ？　腐れよって……あ、わかった、ベルセルク！　お前が死ね！」


母と娘、久しぶりに再会したふたり。

「それでね、助けてくれた地元のおじさんに無理いって送ってもらったの」

「……ホントに道路においていくほうも酷いけど、あんたも相当よ」

「それよりお母さん、元気だった？　村のひとは？」

「元気だけど、この時期によく帰ってきたね。みんな帰省、控えてるのに」

「車でムカつきながら寝てたときに、なんか試したくなって。大丈夫だったみたい」

「試すって？　なにが大丈夫だったの？」

「むかし教えてくれたでしょ？　祠の話。あれホントだよ」

「祠って？」

「あるじゃん、ほら。村の入口にあるやつ。あの祠のことよ。マジご利益あるわ」

「ああ、疫病除けの神さま？　どういうこと？」

「病気を寄せつけないんでしょ。だからここ、コロナに感染したひといないんだよ」

「ひとが少ないから、だれも感染しないだけよ。なんでご利益あると思うの？」

「連休前、濃厚接触で仕事休みになってたのよ、彼氏。じゃなかった、元カレ」

「え？　そうなの？　つれてきたらダメじゃない」

「ぜんぜん到着できなかったから変に思って。ずっと、げほげほ咳してたし。多分コロナに感染してると思うよ。そのせいでここに到着できなかったんだと思う」

「あんたは体調、大丈夫なの？」

「村に入れたから大丈夫じゃないの？　ふふ、それを試したかったのよ」

コロナ禍での奇妙な話だ。現在は二〇二四年なので、収束化してからまだ二年ほどしか経っていない。なのに感覚として当時を懐かしく感じるのは不思議である。

ちなみに彼氏は本当に感染していたのでホテル隔離という運びになったが、彼女はまったくなにもなかった。もしかしたら無症状なだけだったかもしれないが、彼女の村でも感染者はいなかったという。ちなみにベルセルクのくだりは私が好きという理由だけで書いたので悪しからず。

日本各地に火事や津波、さまざまな災厄除けの神さまが祠や社に祀られている。参拝者を目当てとして、神輿のような担がれかたをされている神さまもいらっしゃるかもしれないが、なかには避難所としての意味を兼ねそなえた場所も存在するので軽く扱えないところもあるだろう。

今回の話は結果として、疫病を運ぶ媒体（長時間運転をして酷い目にあいながらも、最終的にかなり歩かされてキレた男性を「媒体」などと呼んでしまうのは我ながらいかがなものかと思うが）の接近を阻止しているように思える話だ。

神仏のちからが働いたような、この系統の話は実は縁切神社の怪談で多い。ひとつの目的にむかって容赦のないちからを働かせるのは神のなせる業といえるだろうが、他と比べれば優しい祠の神さまと思われる。

神仏に守られている土地は、悪くいえば呪詛をかけられているのと同じで、条件がそろった瞬間、問答無用でおそいかかってくる。そのことを知っているか知らないかは問題ではない。ルール違反は即有罪。どんなにレベルが低くてもギガデインを唱えられて抹殺、こちらのいいわけや事情などまったく聞いてくれない。神仏とはそういうものなのである。

さらに視点を変えるならば「だから良い」。多くの者たちに必要なのは示唆された生きかたや信念であり、融通の効いた甘えではない。ご都合主義を一喝で排除するほどの絶大な純粋たるべき存在こそ人間が拝む対象なり得て、その庇護のもとで道理が生まれるという、書いている私がギガデインされそうな恐ろしいものなのだ。

ちょっとなにをいいたかったのか忘れてしまったが、申しわけない。

意図して脱線するが、コロナ禍のときに都市伝説のように流行り、信仰に近かったアマビエというイラスト。ああいったものですら、祈りと信心によってちからを帯びてくると私は思っているのだが、まだこのアマビエの怪談を耳にしたことがない。いつか聞くことがあるのだろうか。何人の者がどれくらいの期間祈ると、怪談に登場するくらいの具現化したものになるのか。そこが気になるところである。

夜道をやってくる

田舎の夜は静かで、星がちらちらと光り、夏の虫の声が遠くから聞こえている。

Uさんは親せきの家での一日を思いかえしながら、国道沿いの道を歩いていた。

久しぶりに逢って、むかし話や近況報告でにぎやかな時間を過ごした。

やがて夜も更け、ホテルまで帰る時間になる。

「タクシーを呼んだほうがいいんじゃないか?」

親せきが心配そうにいうが、Uさんは笑って断った。

「大丈夫です。ホテルまでのひと駅分くらい歩いてもいけますよ。そんなに時間かからないでしょうし。最近、運動不足だからカロリー減らしながら帰りますよ」

若いと体力が違うね、と感心していた親せきの言葉の意味がわかってきた。

ホテルまでの道は、国道沿いをただまっすぐに歩くだけだった。Uさんは普段、都会で車の音や人のざわめきのなかで過ごしていたため、この静かな田舎の夜を楽しむつもりでいた。夜の涼しさが心地よく、街灯の少ない道でも気持ちがいいだろうと踏んでいたのだが——遠い。かれこれ四十分は歩き続けているが、地図アプリで何度確認しても、まだ半分の距離まできていない。

国道は広く、車はときおり通り過ぎるものの、ひとの姿はまったくない。歩道もない道はこころもとなく、Uさんは汗だくになっていた。

田舎の「ひと駅」をなめていた——。

最初の十分ほどは、星を見上げながら歩くのが楽しかった。

都会では見られないほどの星々が広がっている。国道沿いのちいさな民家の灯りや、遠くに見える山々のシルエットが、ノスタルジックな気分を呼び起こしていた。

だが、歩き続けているうちに、Uさんは少しずつ不安を感じだした。

まず、危ない。国道とはいえど歩道がないために、車道の端を歩いているようなものだ。ときおり通過する車も、近づいてUさんの姿を確認するとおどろいているらしく、ブレーキを踏みスピードを落として通りすぎていくのがわかる。もし、気づかれなければUさんの横ギリギリを、けっこうなスピードで通っていくはずだ。

国道の左右には田んぼや雑木林が広がっている。街灯もほとんどないため、足元の暗さが増してきた。車が通るときだけ一瞬、道が明るくなるが、すぐにまた闇に包まれる。なるほど、車の運転手も近づくまでUさんがわからないワケだ。

Uさんは「く、暗すぎるよ……」とつぶやきながら足を速めた。

そのとき、背後でちいさく足音が聞こえた。かすかな音だ。足をとめて振り返ったが真っ暗でなにも見えない。目を凝らして耳を澄ませたが、なにもなかった。

「気のせいか……」

再び歩きだしたが、しばらくしてまた足音が聞こえた。

距離を縮めて近づいてくるように感じたが、振り返るとだれもいない。

Uさんは不安になりながらも歩くスピードをあげた。

うしろの足音も同じように速くなる。確実にだれかがついてきている。

すばやく振り返ると、今度は姿を捕えることができた。小学校低学年くらいだろうか——それはどうやら男の子のようだった。こんな夜中に、こんな場所をひとりで歩いているなんて信じられず、Uさんの頭は真っ白になった。彼は距離を保ちながら、ただ黙って立っている。灯りがないのでよく見えないが、短い髪とちいさな体つきがわかる。

Uさんは「こ、こんばんは」と、とっさにあいさつの言葉がでたが、男の子は返事をしなかった。静かに、ただこちらを見つめている。

Uさんが近づこうとすると、子どもはうしろに一歩さがった。

「な、なにしてるの、こんな時間に……」

もう一度声をかけたが、やはり返事はない。

子どもはなにかを訴えるように、ただじっと彼のほうをむいている。

なにかがおかしい。Uさんはその場に立ち尽くしてどうするべきか迷った。

そのとき一台の車が近づいてきて、通りすぎる瞬間、ライトが子供を照らす。

そこにはなにもいなかった。

Uさんは「え」と声をだしてしまった。確かにそこにいた男の子が、ライトが当たると同時にかき消えてしまった。それと見間違えるような木や物も、なにもないことが不気味で仕方がない。頭を振って冷静になろうと努めたが、胸の鼓動が速くなり不安が広がっていく。田舎の国道で、しかも深夜にひとりで歩いているときに不思議なことが起きるとは思わなかった。

Uさんは急に怖くなり、足早にその場を離れようとした。歩きだした途端、再びうしろから、た、た、たっと足音が聞こえる。ついてこようとする意志が確実に感じられた。怖くて、もう振り返ることができない。足音はどんどん近づいてくる。

声をあげて全力で走りだした。うしろの足音もたたたたッと速くなった。

無我夢中で国道を駆け抜けた。

どれくらい走ったのか、やがて遠くにホテルの明かりが見えはじめた。

Uさんは疲れ果てながらも、その光にむかって走り続けた。

ホテルに到着したとき、Uさんは息を切らし、汗でびしょびしょになっていた。

彼はすぐにロビーに駆けこみ、だれかと話すことで落ちつこうとした。

「はあ、はあ、はあ、す、すみません、ちょっと……」

フロントにいた従業員は汗だらけのUさんを見て、おどろいていた。

「大丈夫ですか?」

「い、いや、なんでもないですが、いま、ちょっと追いかけられて……」

従業員は「ああ。子どもですか」と答えて、カウンターのしたに手を伸ばした。

「これ、磁石でドアに貼れますよ。部屋まで必ずくるので、良かったらどうぞ」

笑顔でUさんに渡してきたのはマグネットつきの御札だった。

夜、道を歩いていると何者かが追いかけてくる。

おとぎ話など、妖怪のでてくる物語に多いシュチュエーションだが、たいていは夜道や田舎の砂利道、山道や坂道が舞台となっている。現代の体験談でも山や標高の高い地域での報告がたくさんあり、この話も山に囲まれた地域が舞台だ。

夜道、足音、奇怪な存在。原始的ともいえる設定は人間のこころの恐怖と深く結びついた、ある意味、怖さの根源が表にでたものかもしれない。きっといつまでもこの系統の体験談や創作での物語は消えることはないだろう。


このUさんが遭遇した子どもの正体はなんだったのか。

後日談ではないが、次のようなやりとりが取材の際に記録されている。


「どんな服装か見えましたか？　暗くて見えませんでしたか？」

「暗くて見えませんでした。ほとんど輪郭だけだったという印象です」

「でも男の子だということはわかった？」

「はい、わかりました。やっぱり頭、というか顔のせいですね」

「顔ですか？　顔はわかったんですか？　覚えていますか？」

「はい。顔はわかりました。なぜかわかりませんが」

「どんな顔で、どんな表情をしていましたか？」

「普通です。目の細長くて丸い鼻で、口は軽く開いていたような気がします。表情は無表情というほどでもないけど、感情は汲みとられませんでした」

「服装は見えていないのに顔のパーツはハッキリと覚えているんですね」

「はい。でも、うっすら首元よりした、肌が見えていたような気がします」

「胸がはだけた感じですか？」

「そうですね」

「それは着物ですか。着物だとこう、逆三角形に肌がみえると思うのですが」

「わかりません」

「足元は？　よくゆうれいには足がないなんていいますが、見えましたか」

「わかりません。見えませんでした」

「基本は輪郭、シルエットだけなんですね。腕はどういう感じでしたか？」

「だらりって、垂れている感じです」

「うしろから追いかけてきたとき、どう思いました？」

「怖かったです」

「その怖かったというのは、なにかされると思ったから？」

「わかりませんが、そうかもしれません」

「ゆうれいだと思いますか？　伝承では狐の仕業みたいなのもありますが」

「わかりません。でも狐やゆうれいじゃないと思います」

「どうしてですか？」

「絶対に幻覚じゃないからです」

「どうして絶対といいきれるんですか？」

「足音が、そのままなんです」

「そのまま、というと？」

「ぼくが先に進んでいました。相手からするなら、ぼくが前を進むということですよね。国道はほとんどアスファルトです。それが同じなんです」

「アスファルトの足音、自分の足音と相手の足音が同じだったということですか？」

「そうです。響きもほとんど同じでした」

「静かなところだと、確かに外の道でも響きますね、足音は」

「途中」

「なんですか？」

「走ってる途中、雑草が生えている砂利道もあったんです。舗装が途切れたような」

「全部がアスファルトではなく、砂利道もあった？」

「はい。砂利道になると、音が変わりますよね」

「たったたっという足音が、じゃっじゃっじゃっという音になりますね」

「その音の変化も、変わる時間差も、気のせいとか反響しているとか、そういうことではないんです。本当にだれかがうしろから追いかけてくる認識ができました」

「なるほど。距離はどうだったのでしょうか？」

「距離？　走った距離ですか？」

「相手との距離です。ずっとつかず離れず、同じ感覚で追いかけてきましたか？」

「いえ、ときどきかなり近づいてきました」

「でも、振り返って確認はしていない？」

「はい、振り返ってはいません」

「むこうがすぐ真後ろに近づいているのは、足音でわかった？」

「いえ、息と声です」

「息と声？　聞こえたんですか？」

「息に混じった声、ですかね。それは感情がありました」

「感情があった？」

「ここらへんです。背中のした、腰のうえあたり。ちょうど相手の身長だと頭がこのへんになるんでしょう。息に混じって、感情があるような声が聞こえました」

「なんて聞こえたんでしょうか？」

「言葉じゃありません」

「言葉じゃない？」

「笑っていましたね。子どものころ、鬼ごっこの鬼が、追いかけてる相手を捕まえる寸前になったとき、漏れるような、息に混じった笑い声」

「……」

ホテルに帰ったUさんは、従業員に渡された御札をドアに貼って眠った。
朝、そそくさとチェックアウトしたUさんは電車を乗り継ぎ、新幹線で帰った。
その夜から妙な現象が起こるようになった。
家のインターホンが鳴ったので応答画面を見るが、だれもいないという現象だ。
その現象は現在も続いている。

この「ついてくる話」は思ったよりも可愛いものではなさそうだ。

サイクル

昭和の時代、東京の下町に住むDさんはアパートの部屋で生活していた。

仕事は工場での単調な作業で、波風の立たない日々を続けていた。

ある夜、古い友人のM男さんが久しぶりに彼のもとを訪れた。学生時代にはよくつるんでいたが、M男さんは卒業後にうまく仕事に就けず、その後も転職をくり返しているところまでは知っていた。ウワサでは借金を背負うことになったと聞いていたので、イヤな予感がした。

「D、頼む……しばらく、おれをかくまってくれ。借金取りに追われているんだ」

玄関先に立つM男さんの顔は疲れきって、怯えた表情を浮かべていた。

服はうす汚れて髪が乱れていた。眠っていないのか、目は充血して赤い。

Dさんは友人を見捨てることができず、彼を家に招き入れた。

少し落ちついてからM男さんの事情をDさんは聞いた。

ギャンブルにのめりこんで、ヤバいひとたちから借金をしたらしい。時間帯など関係なく住んでいる部屋にきては嫌がらせのように大声をだし、借金の督促状を玄関のドアに貼ったりして、ついにM男さんは大家から追いだされてしまった。

「で？　どうするつもりなんだ？」

M男さんの声は震えていた。

「……わからない。でも、少しのあいだだけ、借金取りの目を逃れたいんだ」

Dさんは友人の苦境を察し、しばらくのあいだ彼をかくまうことにした。せまい部屋だが、ひとり暮らしをしているDさんにとって、少しの期間ならなんとかなるだろうと考えたのだ。

それからM男さんとの同居生活がはじまった。

彼はほとんど外にでることもなく、ひっそりと部屋のすみに身をひそめていた。

借金取りに見つかるのを恐れていた彼は、昼間もカーテンを閉め、外の気配をうかがうばかりだった。

最初は特になにもなかった。ふたりはただテレビの前で無言の時間を過ごすことが多かった。彼女もいなかったDさんにとって、ときどき話せる相手ができたのはむしろ嬉しく、そこまで迷惑とも思っていなかった。

ところが妙な現象が起こりはじめた。

静まったアパートの廊下から床がきしむ音が聞こえだしたのだ。最初は気に留めなかったが、その音は廊下をいったりきたりするように続き、まるでなにかを探しているような感じがした。もしや借金取りがM男さんを捕獲するためにアパートへやってきたのかもしれないとDさんは思ったが、それならば部屋を訪ねてくるはずだし、ずっと廊下をいききしているのは妙だった。

何日も足音が聞こえ続けたある夜「あの足音、聞こえるか。最近ずっとなんだけど、なんだろう?」と横で眠っているM男さんに尋ねた。どうやら熟睡しているようで返事はなかった。そのうちに音がなくなったので安心したが、今度は台所から物音が聞こえた。その音はまるで気を使って物を静かにおくような、食器と食器がかすかに触れるような音だった。だれか台所にいるというのか?

Dさんはおそるおそる布団から頭をだして持ちあげ、静かに台所を見た。

豆電球のちいさな灯りがついているだけで特に異常はない。それでもだれかがいるような気配だけはあり、気になってDさんはなかなか眠ることができなかった。

「お前、昨夜なにか聞こえなかったか？」

翌朝、食事をしながらDさんが尋ねた。M男さんは寝ぼけた顔で首をかしげる。

「なにも。寝てたから。どうしたんだ？」

「なんか妙な音がしてさ、まるでだれかが廊下歩いてるような……」

M男さんがおどろいた表情をしたので慌ててDさんがいう。

「借金取りとかじゃないよ。あいつらなら、こそこそしないで訪ねてくるだろ」

「だよな。いや、そんな夢とかは見たりするけど、ここはバレてないと思うし」

当時の借金取りはいまでいうアウトレイジな者たちと同じで、乱暴で有名だった。

夢にまで見てしまうM男さんの気持ちがDさんにもなんとなくわかった。

それでもDさんは不思議に思った。昨夜の音はあまりにもリアルで、ただの気のせいでは片付けられない、なにかがあった。しかし、友人を不安にさせたくないと思い、その話をそれ以上掘りさげることはしなかった。

ところがその夜もまた異変は起こった。

夜中の静寂のなかで、再び足音が響いてきた。

Dさんは布団のなかでじっと耳をすませていた。廊下を歩く足音は、やはりなにかを探しているような気がする。なぜそう感じるのか根拠はなかった。借金取りからM男さんをかくまっているせいで、そう思うのだろうとDさんは思っていた。

変なこと考えずに寝よう、なるようになる——そう思って目をつぶった瞬間。

ぼっと気配が現れた。まるでライターに火をつけたように、だれかが立っているのがわかったのだ。恐怖が全身を駆けめぐり、Dさんは気配のほうを見ることができない。なにかがいる。すぐ、そこに。自分とM男さんの足元から二メートルもない位置、台所に何者かが立っている。

どうしよう、どうしよう、とDさんは考えあぐねた。

しかし、確認しないことには対策の打ちようがないと、Dさんは頭をそっとあげて台所に目をやった。シンクの真上に備えつけられた豆電球が見える位置に、人間の頭の形が見えて——そこに立っている者がおんなだとわかった、また次の瞬間。

「あああッ！」

M男さんが大きなうめき声をあげた。

彼の体が震え、毛布のなかで暴れるように動きはじめた。

Dさんは慌ててM男さんの躰をつかんで揺さぶった。

「おい、どうしたんだ！」

立ちあがって電気をつけて反射的に台所を見たが、だれもいなかった。

目を覚ましたM男さんは顔が汗だらけになっていた。

息を切らせながらDさんを見つめて、言葉を発する。

「借金取りが……いや、違う、あれは借金取りじゃない……包丁を持った男が」

M男さんの震える声を聞いて、これはもうただ事ではないとDさんは感じた。

彼の夢がどんなものであれ、確かにそれは恐ろしいものだったのだろう。

しかし、Dさん自身も異常なものを、夢ではなく現実に見ていた。

この部屋そのものがおかしいのか？　いままで何事もなく数年ものあいだ住んでいたのに、なぜいまこのタイミングで妙なことが起こるんだ？　なぜだ？

その後も、奇妙な現象は続いていた。

昼間は何事もなく静かな時間が流れるが、夜になると異変が起きる。

M男さんも眠ると怖い夢を必ず見るようになったせいで神経質になり、ますます怯えて、昼間も布団にもぐりこんで顔をださなくなってしまった。Dさんも異常な出来事に対してなにをすべきかわからず、ただただ耐えるしかなかった。


「なあ、おれたち、ここをでたほうがいいんじゃないか？」

休日の昼間、Dさんは窓の外を眺めながらM男さんに提案した。

「ここ、なにかおかしいんだよ。お前のせいでこんなことが起きてるワケじゃないと思うけど。なにか別の……」「ここをでるなんて、できるわけないだろ！」

M男さんが声を荒げた。

「でたら、すぐに借金取りに捕まる。ここにいるしかないんだよ、もう！」

「こんな状態が続くのはおかしいだろ？　なにか起きてるんだよ、きっと。気づいてるだろ？　それにお前、ぜんぜん眠れてないだろ。すごい顔になってきたぞ」

M男さんは痩せこけて頬骨が浮かび、目のしたにはクマができている。

「集めたら数十万くらいはあるから全部お前にやるよ。おれも一度、実家に……」

「いまでていっても、いくところなんてあるハズないだろう！　お前は実家に帰ったらいいかもしれないけど、おれは捕まったら酷い目にあうかもしれないんだぞ」

「廊下から足音がするし、おんなが現れるし。お前は寝ても怖い夢。おれも最近は眠れなくなってきた。もう酷い目にあってるよ。躰こわしたら元も子もないぞ」

M男さんは答えなかったが、彼の表情には恐怖がハッキリと浮かんでいた。

彼自身もなにかがおかしいことに気づいていたが、状況のせいで認めることができないでいるようだった。躰を揺らしながら、なにかぶつぶつとつぶやいている。

もう少し落ちついてから話をしようと思ったDさんは「おれ、なんか喰うもん買ってくるわ。煙草もないし。お前も腹減っただろ」と外の空気を吸いにいった。

煙草を自販機で買ってポケットに入れると、目についた肉屋でコロッケを買った。

コロッケを揚げているあいだ、店員のおばさんが「お兄さん、あのアパートの二階から顔だしてるよね、よく」と声をかけてきたので「あ、はい」と答える。

「あの部屋せまいでしょ。でも前に家族が住んでいたのよ、三人家族」

「え？　三人ですか。台所と六畳しかない部屋ですよ」

「そうでしょ。その家族、可哀そうだったもん。借金取りに追われていて」

借金取りという言葉を聞いて、Dさんの胸がドキリと鳴った。

「旦那さんがおかしくなって。寝ている奥さんを刺して捕まっちゃったのよ」

「刺した？」

「よくここにもさ、コロッケ買いにきてくれたんだけど。事件前、奥さんも追いつめられてたのね。ガリガリになっちゃって。目のした真っ黒だった。可哀そうに」

「ガリガリ……ですか。子どもはどうなったんですか」

「確か奥さんのあと、子どもも刺されて。病院に運ばれたって聞いたけど、どうなったのか、わからない。死んだか施設に送られたかだろうけど、可哀そうよねえ」

おばさんはトングでコロッケを容器に入れながら続けた。

「普段は借金取りがこないか、ずっと廊下で見張りさせられていたって。酷いわよね。旦那は昼間から布団にもぐりこんで隠れていたっていうし。親失格よ」

「……それって、どれくらい前の出来事ですか？」

「コロッケお待たせ。そうね、十年経ってないと思うけど、ちょうどいまくらいの時期だったんじゃないかしら。ウチのお父さん、まだ生きていたし。あ、そういえばお父さん、変なことといってた。前にも同じようなことがあのアパートであったって。借金取りから逃げてきたひとが、どうだこうだって。世のなか物騒よねえ」

どういうことか考えながらDさんはアパートに戻った。

入ってすぐにある二階の階段を見上げると、ちいさな人影が動いてさっと隠れた。

それを見てM男さんにお金と部屋を渡し、実家に帰ったそうだ。

この話は実際、もっとたくさんのひとが絡んで情報を得られる流れの話だった。複雑だったのでわかりやすく手を加えさせてもらい、本当はコロッケ屋の少ない情報から話が発覚していくのだが、登場人物が多い話は怪談むけじゃないと思っているので変更。だってDさんとM男さんとEさんと店員のおばさんと友人のYさんと住人のおじさんと家主のお婆さんがでてきたら、あなたも混乱するはず。まずはせめて読みやすくするのが基本と思っているので、ご容赦頂きたい伊計翼です。

このあとどうなったか書いておくと、すぐにDさんは実家に帰り、M男さんは数カ月ものあいだアパートに住み続ける。なぜかはわからないが、Dさんがでていって数日すると妙な現象は治まり、M男さんも体調をとり戻していった。

この話はなにが起こっていたのか？

それではお待たせしました。今回も深黄泉タイムをスタートしましょう！

まず例として怪談聖というおじさんのメモを引用させてもらおう。

まったくそのままなので読みにくいが、内容はかなり興味深い。

ふたり組の客が帰る　もはや自分のみ
他にはなにかありますかと訊きながら、酔ってきてるからメモもする
スマホでも録音をここから開始
他には、うーん、なあ、なんかゆうれいみたことある？
店長が女バーテンに訊く。
女バー→ふたり組のグラスの片づけしながら「え、ゆうれいですか？」
グラスを奥に持っていってるとき店長が「最近入った子なんですよ」と説明
女バー→こっちにきて「住んでいるのが団地（市営？　聞きとれなかった）なんですけど、そこのとある部屋は引っ越してきたら必ず虐待っぽくなっていく部屋がありますね」
越してきた家族は最初ニコニコしてる
ところが1年たつ頃には子どものなき声と親の怒声が聞こえてくるらしい
そしてもう1年がたつ前に引っ越していく

それがもうずっと続いてる。

そのせいで団地内では、そんな目撃がないのにもかかわらずゆうれいがでるとウワサされているらしい↓子どもの悲鳴のせい
店長↓「へえ、でもだれもゆうれいなんて見てないんでしょ」

女バ↓「はいでも引っ越すときにはどんな明るいひとでもみんな同じような暗い顔つきになってるんです。みんな顔が同じにみえるくらいに」

いつからそれがはじまっているのか謎　明日いってみる

これは宮崎県のショットバーで話を聞いているのを書き記したものだ。

メモと聞いた録音をまとめて訳すなら次のような内容だ。

ある団地に妙な部屋があり、そこに引っ越してきたときは家族みんな幸せそうなのに、なぜか一年も経たないうちにようすがおかしくなっていく。笑顔がなくなって影がでて、夜になると子どもの鳴き声と親の怒声が聞こえてくるようになる。近所の住民たちはそこまでおどろかない。またはじまった、という反応らしい。そのあと家族はまた別の場所に引っ越していく。引っ越してきた日から二年も経たずに。去ってい

くときの顔つきはみんな同じで、引っ越してきたときとはまるで別人のようにすら見えるという。

つまりこの団地の住宅ではなぜか、同じような出来事が起こり続けているのだ。
他にも類話がいくつかあるが、それらを考慮して特徴を挙げるなら、
・前の住人たちと同じような家族人数のひとたち。
・前の住人たちの過去と同じような過去を持っている。
・前の住人とまったく違うが、だんだんと同じような状況になってくる。
・前の住人と同じ結末を辿ることになる。
という、我ながら書いていてちょっと気持ち悪くなる特徴があるようなのだ。

Dさんがアパートにすんでいるときに起こった出来事は、まるで発動条件がそろったために起こりだした怪異だ。借金で逃げてきたM男さんがきて初めてスイッチが入ったような感すらある。

以前住んでいた住人は殺人事件を起こしたようだが、あのままの状態を続けていた

ら、やはり同じような結末になってしまっていたのだろうか。

そして気になるのは、Dさんの前の住人たちに起こった事件、それより前にも同じようなことがあったという証言だ。そのことを調べたかったのだが、怪談師の調査によると、現在このアパートはとり壊されており存在せず、周囲の景色も開発で一変しており関係者を見つけることはできなかったそうだ。

アパートのあった場所は、いまは大きなマンションが建っている。

惨劇のサイクルがとまっていることを祈るばかりだ。

雨男の涙

雨男のTさんのことを友人たちは伝説と呼んでいた。

彼を誘ったとき、どこにいこうとも必ずといっていいほど雨が降るのだ。

天気予報で晴れとなっていても、出発時間には雨になる。

晴れていたとしても彼が目的地に近づくと空が暗くなり、雨が降りはじめる。

友人たちもTさん自身も、最初はただの偶然だと思っていた。しかし、回を重ねるごとに、Tさんが一緒だと確実に雨が降ると、だれもが確信するようになった。

Tさんのまわりに集まる友人たちは、彼とでかけるたびに「今度こそ晴れるんじゃないか」と淡い期待を抱くこともあったが結果は毎回同じ。数えきれないほどの場所にいったがハイキング、海水浴、夜景、キャンプ場。すべての計画は必ず雨によって台無しにされた。

いちばん印象に残った雨の日を尋ねると、こんな話が返ってきた。

晴れの日、友人たちが地方のバーベキュー場で楽しんでいた。

見渡す限り草原が広がっている景色で、他の客はおらず、貸し切りの状態だ。

あとでTさんも合流する予定で、先に友人たちだけではじめていた。

ひとりが「マジかよ」とつぶやき、草原の先を指さす。

「なに？　どした？　なんかあるの？」

「伝説が……いまから伝説がはじまるんだよ……」

草原のむこうの道路に、Tさんの車が走ってくるのが見えた。

「なんだ、Tじゃん。あれがどうした……ん？」

Tさんの車のさらにむこう、空のようすがおかしかった。

まるでTさんの車を追いかけるように、どんよりとした雨雲が流れてくる。

友人たちはみんなで大笑いした。

おそらくはもう雨が降っているのだろうTさんの車は、ワイパーを左右に振りながらこっちにむかっている。友人たちは急いで焼いているものを食べだした。

Tさんが到着すると同時に、雷雲が唸り声をあげて大雨が降ってきた。

「さすがだな！」

Tさんに皮肉をいうと彼は「まあな」とびしょ濡れで笑った。

そんな彼と一緒に過ごす友人たちは、いわば「雨との戦い」に慣れていた。雨が降ることが前提なのでレインコートや防水グッズを常に持ち歩くようになり、雨のなかでの楽しみかたを見つけることも覚えた。それが彼らの友情の証のようにもなっていたようだ。

ある夏の日、友人たちは久しぶりに集まっていた。

どこにいくか話しあっていると、肝試しにいくのはどうかということになった。そのときは霊的な話や都市伝説に興味を持つメンバーが多かったので、心霊スポットへむかう案が自然にでたのだ。

「歴史上の人物の霊がでる場所らしいんだよ」

友人のひとりがスマホを片手にいった。

「そこの周辺で不思議な現象が起きるとか、いろいろな話があるらしい……ん、ちょっと待てよ。おい、この心霊スポットにいくと必ず雨が降るって書いてあるぞ」

「それってTのための場所じゃないか?」

別の友人が冗談を飛ばした。

「ああ、雨男と雨の心霊スポットの組みあわせなんて、シャレにならん」

「でも、もう昨日が大雨だったからさ、今日は大丈夫じゃないか?」

友人たちは笑いながら計画を練り、だれが車をだすかという話になった。

ところが、その場にいた者たちはだれも車を持っていなかった。

唯一、近くに住んでいて車を所有していたのはTさんだ。

「まあ、仕方ないな。伝説の雨男に頼むしかないか」

正直、だれもがTさんがくることで、雨が確定すると内心思っていた。

Tさんに連絡すると、快く車をだすことを引き受けてくれた。

彼の車に四人の友人たちが乗りこみ、心霊スポットへむかう。

道中は天気がよく、まるで心霊スポットが彼らを歓迎しているかのようだった。

「おかしいな、今日はまだ雨が降ってないぞ」

助手席に座っていた友人が笑いながらいった。

「おい、T。調子悪いんじゃないか?」

「そうだよ、いつもならこのあたりで雨が降りはじめるハズだろ?」

別の友人も冗談を飛ばした。

「今日はパワーを抑えているからな。みんな安心してくれ」

Tさんはハンドルを握りながら不敵に笑う。

「なんで今日なんだよ。心霊スポットだぞ。もっとあっただろ。抑えるべき日が」

「きっと、目的地に近づけば降るね。いつも通りだ」

みんな天気が良いことに少しおどろいていた。

心霊スポットにむかっているという緊張感がうすれていくのを感じたが、近づくにつれて、車内の雰囲気は次第に変わりだした。それに便乗して友人たちは怖い話を語りだす。到着したときも、夜空は晴れ渡っていた。

適当な場所に停車して、五人は車から降りるとまず空を見上げた。

「なんだよ。晴れじゃん。T、今日はどうしたんだ?」

「マイナスとマイナスが足されてプラスになったのか?」

Tさんは気にするそぶりもなく「まあ、楽しもうぜ」と先頭を歩いていく。

心霊スポットは、かつて多くの人々が命を落とした場所で、いまでもその霊がさまよっているといわれていた。訪れる人々はよく不可解な体験をするらしい。

しかし友人たちとTさんは怖がりながらも、なにも起こらない時間を過ごした。

「なんか、思ったよりも普通の場所だな」

「そんなもんさ。心霊スポットなんてウワサが先行してるだけだし」

やがて夜が更けてきて、彼らは帰ることにした。

「なにも起きなかったな。しかも晴れ続けてる。今日のTは、どうしたんだ？」

帰りの道中も異常はなかった。

Tさんは友人たちをそれぞれ順番に家に送り届け、最後のひとりを降ろした。

「今日は楽しかったよ。ありがとうな、T。また遊ぼう」

「こちらこそ。またみんなで集まろう。じゃあな」

友人は手を振ってTさんの車を見送り、マンションのなかに入った。

軽くシャワーを浴びたあとベッドに寝転がると、すぐに眠りに落ちた。

顔に冷たいしずくがあたる感触で、友人は目を覚ました。

「……なんだ？」

袖で顔を拭いて目を開けると、びしょ濡れのTさんが目の前に立っていた。

「……あれ？　Tじゃん。家に帰ったんじゃないのか？　なにしてんの？」

「今日、ありがとうな。おれ、いくわ」

「いまから帰るのか？　何時だ？　もう遅いから泊っていけよ」

友人はベッドからでて立ちあがり、Tさんに予備の布団を渡そうと電気をつけた。

「……あれ？　お前どうやってここに入ったの？」

振り返ると、いままでそこにいたはずのTさんがいない。

「ん？　T？　どこいった？」

友人は彼を探したが、どこにもその姿はなかった。

玄関の鍵はキッチリ閉まっている。自分は確かにTさんの車を見送った。戻ってきたとしても、勝手になかに入ってこられるはずがない。夢でも見たのだろうと友人は再びベッドに寝転がろうとして気づいた。ベッドの脇の床に水たまりができていた。

そこはさっきTさんが立っていた場所だった。


翌朝、友人たちは驚愕のニュースを耳にすることになる。

Tさんが深夜、帰宅途中に車のハンドル操作をあやまり、川に転落して亡くなったというのだ。警察によると事故の原因はまだハッキリとわかっていないが、前日の大雨で路面が滑りやすくなっていたことが一因と考えられているという。

友人たちは彼の死を聞いて、なにかが胸の奥で崩れ落ちるような感覚を覚えた。

「おれ、昨日Tに送ってもらったあと、あいつが家にいる夢見たんだ——きっと」

最後の別れにきてくれたんだよ、と友人は呆然としながら話した。

それを聞いた他の友人たちも「おれのところにもきた」「おれも」といいだす。

「みんなで遊びにいったら、いつも雨だったけど。最後に遊びにいった夜、雨降ってなかったよな。あいさつするついでに、あいつ……雨粒かけにきたんじゃないか」

友人たちの目から、ぽつりぽつりと涙がこぼれだした。


それから半月後の休日、友人たちは例のキャンプ場に集まっていた。

Tさんが雨雲を引きつれて現れ、大笑いした思い出の場所だ。

「よし、みんな飲みもの持ったか？　持ったか？　じゃあ献杯しよう」

キャンプ用の折りたたみテーブルのうえには、Tさんの写真が飾られている。

友人たちはTさんの写真のほうをむいて缶ビールやグラスをかかげた。

「伝説の雨男、安らかにあれ！　乾杯！　じゃなかった、献杯！」

彼らの真上には、澄みきった青い空が広がっていたそうだ。

心霊スポットへいったのに霊のせいではなさそうな、怪談にしては珍しい話だ。

むかしから雨男や晴れおんなという言葉を聞くが、もちろん科学的な根拠はないし呼称はまわりからの認知バイアスが多く、自称はアピールに過ぎない。


古事（すごいむかしの出来事のこと。由緒ある事柄。そこからいま現在使われている言葉もたくさんある。例えば矛盾とか完璧とか。だいたい漢字がそれっぽい意味を成すのも特徴。いまレベルがあがりましたね）に「朝雲暮雨（ちょううんぼう）」という四文字熟語にもなっているものがある。そこに登場する「雨に変化した女神」を題材にして江戸時代、画集や辞典に雨男や雨女が書かれたことがあった。

それが現在も雨男、雨女が使用されている由来らしい。

不思議な話を好んでいても、さすがに雨男や晴れおんなを超自然的な能力を持つ者として、存在を信じているひとは少ないだろう。そんな人間が本当にいるならば、もうどこかに幽閉するしかない。その地域が滅ぶ可能性があるのだから。

それでも天候をコントロールできるという者たち、雨乞い師のような職業がいまだに存在するという国の話は耳にしたことがあるし、いまだに「私が神社にいくと天気が変わる」と主張するひともいるし、身近にいる怪談師などは「おれ雲を消したことがある！」とほざいている。

虚実不明の内容ばかりだが、天候にかんする伝承は神仏に関係するものが多い。人間が無意識下に、自然と神仏を同等と感じている証明だろう。

この話では亡くなったTさんが友人たち、ひとりひとりのところへ、最期の別れをいいにくる怪異が起こっている。

普通は雨男ネタの冗談を何度もいわれたら怒りそうだが、Tさんは大変におおらかな性格で、友人たちも雨が降るのをそこまで苦とも思っていない。人間関係ができあがっている者たちのなかで起こる怪異のポイントは「怖くない」ことかもしれない。

普通は寝ている枕元やベッドの側でびしょ濡れのだれかが立っていたら、悲鳴のひとつでもあげそうなものだが、彼らはだれひとり怖がらなかった。それほど仲が良くお互いを信じあっていたのだろう。
我々はここを教訓とするべきかもしれない。
亡くなった元恋人や家族を目撃して絶叫した、そこのきみ。反省してください。

子どもが怖いもの

夕方前、午後三時をすこし過ぎたころだった。

田舎の静かな町に引っ越したY平さんは、いつも通り目を覚ました。

仕事は常在の警備員で、自転車ですぐのショッピングモールに通っている。いつも夜勤なので、朝九時に帰宅するとすぐに寝てしまうのが常だった。

午後十時に職場にむかわなければならないものの、それまでは自分の自由な時間だ。引っ越してきて、いまの仕事に就いて二年。すっかり夜型の生活に慣れてしまった彼は、このサイクルを悪くないと思っていた。

問題は睡眠を邪魔するように外から聞こえる騒音が気になることだ。

車がバックするときに流れる機械の音声、スピーカーからの町内放送。なによりいちばん目が覚めてしまうのは下校する子どもたちの声で、平日は午後三時前後に外から聞こえてくる。

Y平さんが住んでいるのは、ちいさなアパートの一階だ。

カーテンを開ければ窓からよく見える通りが、子どもたちの通学路。

下校時は窓を閉めていても聞こえる声たちに、最初こそイライラしていたが仕方がない。自分も子どものころはひと一倍うるさかったはずだと諦めるほかなかった。そのおかげもあってか、次第に慣れていき、むしろ最近では、その子どもたちの会話がすこし楽しみでもあった。

そのきっかけになった会話があった。

「なあ、教えてくれるっていったじゃん。約束したんだから守れよ」

「いったけど、秘密ないんだもん。なにかあるかなあ」

そのときY平さんは半分眠りながらも（約束は守らなきゃ）と思っていた。

「別にないもん。パパが料理してるとき、ちんちん切ったことくらいしかない」

「約束したのに守らなかったら……え！　マジでッ」

それを聞いてY平さんは吹きだして目を覚ました。

なぜそんなことになったのか、捕まえて聞きだしたかったほど笑った。このことがあってから子どもたちのささいな会話すら楽しみになってしまい、下校時間になると眠っていても耳をすませることが日常になった。特に小学生の会話は独特で、彼の常識から外れることもあり、笑ったり考えさせられたりすることが多かった。

「ねえ、あのね、昨日の宿題さ、式を書かなかったのに先生にほめられた」

「ウソだろ？　なんでなんで？　いつも式は書けっていうのに？」

「急いでやったから答えだけ書いたの。先生になんで書いてないのって聞かれたから、簡単すぎて式書きませんでしたっていったら、ほめられた！　なんでだろ！」

Y平さんが子どものころは、答えだけ書くなんて怠慢だと怒られたものだ。

教育が甘くなっているのか、それともこの子が特別なのか、となぜか感心した。

また、別の日には、こんなおんなの子たちの話も耳にした。

「知ってる？　あの教室って夜になると、ゆうれいがでるって」

「ええ？　本当？　だれがいってたの？」

「お姉ちゃんがいってた。夜中にドアをノックするんだって」

「うわ、怖いねえ。でも、幽霊ならすり抜けて入ってくるんじゃないの？」

無邪気な怪談話に、Y平さんは眠りながら笑みを浮かべた。

仕事柄、夜中に怪しげな場所を巡回することも多かったが、特にゆうれいの存在を信じていない。それでも、子どもたちの話に耳をかたむけると、彼自身の幼いころの記憶がよみがえってくるのを感じて楽しかった。

そんなふうに、彼は毎日何気なく子どもたちの会話を盗み聞きしていた。

しかしある日、いつもと違う奇妙な会話が彼の耳に飛びこんできた。

「昨日の夜、あそこに立っていたんだよ」

「ほんとに？　見たの？」

「うん。でも、絶対に言葉にしちゃダメだと思う」

「なんで？」

「だって、言葉にしていったら……多分でてきて、ぼく怖くなるから」

Y平さんはふと目を見開いた。

いままで聞いてきた何気ない話とは違い、その言葉には妙な重みがあった。男の子と思われるふたり組は通りすぎていくのではなく、足をとめて会話してるようだ。

彼は躰を起こしてベッドに座り、外の声に耳をすませた。

しかし、そのあとの会話はまるで普通のものに戻っていった。ふたりの話題は昨日のテレビの話や、週末に遊びにいくらしい公園の話に移っていったのだ。

しばらくして、彼らが去っていったあとで考えこんでしまった。

(あれはなんだったんだろう？　怖くなるってなんだ？)

会話自体はそこまで重要なことを話していなかったが、声に迫るものがあった。

Y平さんはマユをひそめながらも、それ以上深く考えることをやめた。

重い声だったが、どうせなにかの冗談だろう。自分の仕事柄、夜の街で聞くような悪質なウワサや、実際にあった事件をもとにした都市伝説とは違うはずだ――そんな風に思った。

しかし彼のなかで、なにかが少しずつ変わりはじめた。

あの会話以降、子どもたちの声がなぜかこれまでのように無邪気なものばかりではないと思うようになっていった。午後三時が近づくたびに、彼は無意識に耳をかたむけるようになり、男の子たちの声がいっていた謎の「怖い」につながる、なにか重大な情報が得られるのではないかという気になっていた。

そして、数日後、眠っていると再びあの男の子たちの奇妙な会話が耳に入った。

「ねえ、あの話、だれにもいってないよね？」

「いってない。けど……怖いよ」

あの子たちだ！　と気づいたY平さんは躰を起こしてカーテンに近づいた。

「大丈夫だって、だれも知らないから」

「あんなの初めて見たし、帰ってからもママにようすが変だってバレかけたし」

「絶対、言葉にしていっちゃダメだよ」

Y平さんは全身を強張らせながら聞いていた。

カーテンを開けて、ふたり組がどんな顔をしているのか、この目で見てみたい。でも、開けたらすぐにむこうにも気づかれる距離だ。開けるワケにはいかない。

「ねえ、でもさ、言葉にしたらでてくるなんて気のせいだよ、きっと」

そうだよ、気のせいだよ、話してくれよ。

「ええ？　そうかなあ」

「だっていまは明るいし、夜じゃないもん。夜にしかでないんだよ」

だからなにがでるんだ、そこをハッキリいってくれよ。

「あの怖いの、でたらどうするの？」

「でたら逃げたらいいじゃん。全速力で走って」

怖いのってなんだよ、訊いてみてえ。もう我慢できない。

「じゃあ、言葉でいってみようかな。でなかったら、もう怖くないもんね」

「三、二、一で一緒にいおう。そしたら大丈夫。いくよ。三、二、一……」

Y平さんがカーテンを開けるのと同時に、子どもたちは叫んだ。

「窓のむこうのオバケ、でてこい！」

Y平さんが目にしたのは――だれもいない道路だった。

しかも外は真っ暗で、いつの間にか夜になっている。

ついいましがたまでカーテンの隙間から光が入りこんでいたのに――。

唖然と立ち尽くしていると、スマホが鳴っておどろいた。

画面を見ると仕事場の先輩だ。

「も、もしもし」

「おう。お前大丈夫か。遅刻だぞ。寝てたんだろ？」

時計は深夜の一時をさしている。

慌てて自転車で仕事場にむかい、大遅刻したことをすぐに謝った。

先輩は「いいよ、気にするな。そういうことあるから。疲れが気づかないうち溜まってるんだよ。お前も働きだして二年だからな」と笑って許してくれた。

しかし、Y平さんはさっきの出来事がどうしても頭から離れなかった。

休憩の時間になったときに話してみると、先輩は首をひねった。

「お前の家の近くに、もう学校なんてないぞ。過疎化でひと減ってるんだから」

実は躰にあっていない仕事で、神経がやられていたというのは簡単だ。

でもこの系統の話はかなり存在する。気づいて初めて怪異だったとわかるのだが、この怪談の場合は、目にみえない学校が存在するのか、それとも過去の情報が道路に沁みついているのか、そのシステムが気になるところだ。

類話には次のような妙な話がある。例を読んでシステムを深読みして頂きたい。

三十代の男性は実家の台所にあったドアが大人になったら消えていたと語る。子どものころはそのドアから女性が出入りしているのをよく見ていた。その後、実家が建つ前に平屋があったことが発覚。そこには女性がひとりで住んでいたそうだ。

二十代の女性は交通事故で病院に運びこまれ長期入院することになった。入院している最中、ずっと病室の窓からとなりの病棟が見えていた。ずいぶん近くに建てたなと思いつつ、毎朝ラジオ体操をしているのを確認。いまはなくなった病棟がそこにあったことを聞かされたのは退院したあとのこと。

三十代男性の体験。マッチングアプリで出会ったひとにつれていかれたアパートが霧だらけの奇妙な街だった。街からでるとき橋を渡ったが、遅い時間なのに川を歩いて渡ろうとしているひとの群れを目撃。そのあと探したが二度とその街にいくことはなかった。

六十代の男性が家の前の道を掃除していると若者に話しかけられた。この近くにホテルがあって、そこに先日泊まったが気持ちの悪いホテルだった。いくら探しても発見できないので知らないかと訊かれる。すぐ前の空き地にホテルがあったが、もう三十年以上も前だと説明したところ、なにか心当たりがあるらしく、若者は顔色を変えて去っていった。

四十代の男性が息子たちとかくれんぼをしていた。どうしても見つからない次男を探すため中断して呼びかけるも現れず、通報するまでの騒ぎに発展。しかし翌朝、普通に布団で寝ている次男を発見した。どこにいっていたのか本人に訊くと、庭にでて草むらに隠れようとしたところ、ほら穴を発見したという。そこに入るとなかは広く、たくさんのひとたちが隠れていた。みんな怯えているようで次男自身も怖くなったが、何人かの女性たちが抱きしめてくれて「すぐにでられるから、じっとして」と慰めてくれる。慰めている女性たちも震えていたので不思議だったが、気がついたらだれもおらず、ぽつんと庭に立っていた。その庭には戦時中に使われていた防空壕が確かにあったが、五十年も前に埋められていた。

六十代の住職の悩みは、深夜に寝ているとインターホンを押され、駐車場の利用者に起こされることだった。利用者がいつもの場所に停めようとすると墓地があって駐車場の位置がわからないと、どのひとも同じことをいう。もう一度いってもらうと、いつも通り駐車場を発見できるようだが、墓地をつぶして駐車場なんかつくるんじゃなかったと後悔しているそうだ。

五十代の男性が久しぶりに地元へ戻ると、子どものころよく通っていた駄菓子屋を見つけた。なくなったはずなのにと思いながら、懐かしさで店に入ってお菓子を物色していると、店の奥から強盗に刺殺された店の老夫婦が現れる。刺殺されたままの姿かたちで。

祟りを兵器に

ある男性がむかし、祖父から不思議な話を聞いた。

戦時中の出来事で、若かったころの話らしい。冗談もいわない真面目な性格だった祖父の体験談がいったいなんだったのか、いまだにわからないと教えてくれた。

祖父は軍の一員として任務を帯び、ある地方の村へ派遣された。目的はその山村での採掘作業と聞いていたが、具体的な内容は詳細には知らされていなかった。ただ、そこにいけば、なにかしらの仕事が待っている、とだけいわれていた。

祖父たちが村に到着したのは秋の終わりだった。

空は高く澄んでおり、冷たい風が木々の少ない葉を揺らしていた。ちいさな村は田畑と山々に囲まれた静かなところだった。戦争の激しさとは無縁で、一見穏やかで平和な場所のように思えた。

しかし、祖父たちが到着してすぐに軍から「待機命令」がだされた。理由も告げられないまま、その村でただ待機することになった。

滞在しているあいだ、祖父たちは軍の施設から外へでることは許されていなかったが、生活のためそういうワケにもいかず、村の人々との接触は避けられなかった。奇妙なことに、村人たちは彼らに対して冷たい態度を示していた。どこか重苦しい空気で、祖父たちは理由もわからないまま不安を感じはじめていたという。

ある日、祖父は村の外れを歩いていた。村の周囲を流れるちいさな川に沿って続くあぜ道を歩いていると、前方にひとりの老婆がいた。腰を曲げ、古い木製の台車の車輪を見つめている。どうやら車輪が壊れ、動かなくなってしまったようだ。

祖父はヒマを持てあましていたこともあり、老婆に近づいて手助けを申しでた。

老婆は一瞬おどろいたような顔をしたが、すぐに微笑んで祖父の助けを受け入れた。ふたりで台車を直しながら自然と会話がはじまった。祖父は老婆に敬意を払いながら村のことや周囲の山々について聞いた。しかし、老婆はあまり多くを語らなかった。やはり自分はよそ者。そのうえ勝手に入りこんできた軍人なのだから良い印象がないのだろう。仕方がない。祖父は気にせず、笑顔で車輪を直し続けた。

「これで少しは大丈夫でしょう。帰ったら男衆に改めてみてもらってください」

「ありがとうございます、優しい兵隊さん。とても助かりました」

老婆は深々と頭をさげて御礼をいった。

立ち去るとき、なぜか「山には近づかないように」という言葉を残して。


その後も祖父はときおり、村のなかで老婆と顔をあわせることがあった。

最初は会釈をする程度だったが、次第にすこしずつ言葉を交わすようになる。老婆は祖父に対してこころを開き、村の生活や風習について話すことも増えていった。祖父はあのときの言葉の意味を聞きたかったが、老婆は山の話題には触れなかった。

そんなとき、祖父たちは奇妙なウワサを耳にした。

村人たちの話を聞いた者によると、軍がこの村の近くの山でなにかをしているというのだ。その山は足を踏み入れてはいけない禁足地と呼ばれている場所で、古くから祟りがあると恐れられてきたようだ。村の人々はその山を敬遠しており、だれも近づこうとはしなかった。しかし、最近になって軍の人間がその山に入っていくのを村人たちはとめることができなかったと悔やんでいたらしい。

「どういうことだ？　おれたちがくる前に村にきた部隊がいたのか？」

「多分そうだろう。おれたちは後続だ。村のやつらは人数まで覚えていたぞ」

村人がとめるのも聞かず、七名が山に入ったが、だれも戻ってこないという。

「本当なのか？　どうしておれたちは聞かされていないんだ？」

「わからん。でも書類を見たやつの話だと確かに七名の名前があったらしい」

いったいどういうことなのか見当もつかん、と祖父たちは首をひねった。

不安は高まったが、それからも上層部の命令は依然として待機のままで、なにも説明されることはなかった。いつまで続くのかわからない状況だったが――。


ある日、数名の部下をつれた上官が村に到着した。

待機していた祖父たち軍人を集めて数名の小隊をつくり、村の一部の者と一緒に山に入るという説明を受けた。目的は先陣をきった七名の捜索だと聞かされた。

祖父は小隊に選ばれず、山の入口に近い村の待合所で彼らを見送ることになった。

号令をかけて小隊に選ばれた者たちは山に入っていく。待機所に戻ろうとしたとき、その村の老婆がいたのであいさつをすると、老婆は祖父に近づいて小声で話しかけてきた。

「あんた。あのひとたちをとめなさい。いまならまだ間にあうから」

祖父は捜索が目的だから心配することはないと、老婆をいさめようとした。

「無理な話なんだよ。祟りを兵器にしようなんて。必ずとんでもないことになる」

「祟りを兵器に？　いったいなんのことですか？」

「山の神さまのちからを武器にしようとしてるんだ。あのひとたちも戻れなくなる」


その翌日の早朝、小隊は戻ってきた。

無事だったことに安心した祖父は、小隊のひとりだった知人に尋ねてみた。

「どうだったんだ、七名の捜索は。貴様の話を聞かせてくれ」

知人は充血した目で祖父をみると、真っ青な顔で答えた。

「みつからなかった。隊長殿はダメと判断して戻ってきたんだ。ひとり残して」

「ひとりを残して？　全員いるじゃないか。どういうことだ？」

知人はまわりに聞えないように小声で話しだした。

意を決して山にむかった小隊は皆、いい知れぬ恐怖を感じながら進んでいった。

山道をいくにつれ、周囲の空気が次第に重く、冷たくなっていくのがわかったそうだ。深い森のなかは音もなく、ただ風が木々のあいだを通り抜けていく。その静寂は不自然で、他の生き物の気配が欠片もなく、まるで山そのものがなにかを隠しているかのようだったという。

目標になっていた地点に近づいたとき——倒れているひとりの兵士を発見した。

「こときれていたのか？　その兵士は？」

「貴様に話したのかわからんが、おれの実家は葬儀屋だ。いままで家業を手伝って山ほど仏さんを見てきた。でも……あれは異常だ。絶対に普通の死にかたじゃない」

凄惨な遺体だったと、知人は震えながら話した。

両方の目玉が半分飛びでていて、嘔吐がとまらなかったのか、吐しゃ物の跡が道をつくり、ずっと先まで続いている。まだらに赤くなった肌が全身に広がっているようで、舌をだして死んでいた。苦しかったのだろう、両手は胸元を掻きむしるような形で固まっていた。まるでなにか恐ろしいちからによって握り潰されたようにも見えた。明らかに普通の事故や戦闘では説明できないなにかが起こったのだ。

知人はその遺体を目の当たりにして凍りつき、その場から一刻もはやく離れたいという思いで一杯になった。隊長に命令されて彼の持ち物などを調べたが、ピストルを使用した形跡はなく、ただひたすらここまで逃げてきたような状況だった。

「隊長殿はしばらく考えて下山を決定した。賢明だと思う」

「本当に他に生き残りはいなかったのか？　遭難して助けを待っているのでは？」

「考えてもみろ。おれたちがここに到着してもう何日経っている？　それなのにあの兵士、いや、あのあたり一帯に虫一匹いないんだぞ。まるで村人のいう通り」

命を潰すような祟りがあるように思える――そういって彼はふさぎこんだ。

翌日、知人と小隊の数名が体調不良を訴えて、病院へ運ばれていった。

以来、その知人には逢っていないという。

戦時中は末期になるにつれ、軍の一部の上層部は相当にいい加減な指示をだしていたことが発覚している。自分たちは撤退して部隊を見捨てる、あきらかに自滅を誘発するであろう命令をだす。奇跡的に生き残った者たちは幸運だが、若い命を散らした者たちのその数たるや凄まじいもので、残酷さを感じざるを得ない。

群れをなした生物の戦いとは、どうやらそういう非情なものらしく、それが当たり前の状態になる戦争は、正常な思考を歪めてしまうものなのだ。

そして本題である。祟りを兵器にするとはどういうことか。

その答えは祖父の話を聞いた男性の記憶、配属された場所の地名にあった。

迷惑がかかるかもしれないので場所は伏せるが、配属された山岳地帯のこの地域には、ある物質が存在する。それは放射性で、近づくだけで生物を殺すことができるウラン鉱石だ。この部隊は原爆の製造のため鉱石の発掘を目的として山岳地帯にむかわされ、ウラン鉱脈を見つけた可能性がある。

放射能と聞いて、納得するひともいるかもしれないが、それでもこの話にはおかしなところがある。遺体のようす自体は重度の被ばく状態に近いかもしれないが、入った瞬間に致死量に達するほどの天然放射線量の高い場所は、いままで確認されていない。まだ洞窟の有毒ガスや高濃度二酸化炭素のほうが、致死率が高いはずだ。

発見されていない、高濃度の放射線鉱石が眠っている鉱山を見つけたのならわかるが、一日で戻ってくることができる程度の距離にそれがあるとは思えない。本来は放射線鉱物によって被害を受ける場合は何日もかけて症状が現れるはずだから、もしかしたらこの山には、他にもなにか恐ろしい要因があるのかもしれない。それは崇りのような自然のちからか、もしくは本物の崇りか。

やはり、むかしのひとが口承で伝えてくれていた禁足地には入らないように、皆さんも気をつけましょう。そこは恐ろしい理由が必ずあるのだから。

ある才能の死

「Eさんが漫画家を志したのは高校生のころからだったそうです。

高校を卒業してからは小さな画材店でアルバイトをしていたらしく、時間を見つけてはノートに自作のキャラクターやストーリーを描き続けていたらしいです。アイデアのストックは山ほどありましたね。漫画への情熱だけはひと一倍強くて、そんな彼のそばにはいつも応援する友人たちがいました。彼が入った社会人の漫画サークルみたいなグループにぼくも所属していて。はい、もちろん当時、ぼくも漫画家を目指していました。最初にEさんの作品を読んだときにはなんとも思わなかったんですが、彼が新人賞の佳作をとったことがあると聞いて、改めて読むと面白いんですよ。独特の感性を活かしたキャラクターや、予想もつかない展開を持つストーリーが形を成していて素晴らしいんです。きっと彼の才能が開花していく最中だったんでしょうね。

周囲の仲間たちもEさんが描く独創的な世界に引きこまれ、少しずつ彼に注目していった。ぼくも間近で見守っていたのでよくわかったんですけど、Eさんの原稿を読んでいるとき、Eさんは読んでいるぼくたちの反応を注意深く観察していたんです。手応えのあるページにきたとき、彼の目は鋭く輝いていた。ようするに、読み手の心境をコントロールする能力があったんでしょうね。

ぼくたちはEさんの才能を信じて疑わず、彼がお金に困ったりして苦しい状況になっても励まし続けました。画材を買うためにアルバイトを紹介したり、作品の批評を求められると真剣に意見を伝えたり。互いに信頼を寄せあっていたんです。

やがてEさんの描いた短編が新人漫画家の登竜門みたいなコンテストで入賞するという出来事が起こったんです。周囲の友人たちは彼を祝福し、Eさんも一歩夢に近づいたことを喜んでいました。

でも、その出来事が彼の周囲に暗い影を落とすことになったんです。

Eさんの成功は、同じように漫画家を目指していた友人たちにとって刺激的であると同時に悔しいものであった。同じ志を持つ仲間として彼の成功を素直に喜ぶことができる者もいれば、その才能に対して嫉妬心を抱く者もいる。以前は彼と互角の立場にいたと感じていた人々にとって、あの受賞は、自分たちが置き去りにされたような感覚を抱かせたのでしょう。

まず、ひとりのサークル仲間がEさんのことを悪くいうようになりました。『あいつ天狗になってないか』とか『たまたま運が良かっただけだろ』とか。

最初は冗談まじりで、なんちゃって的なムードで笑いをとるためだけに口にしていたんです。でも数人が何度もそれを聞いているうちに悪くいいだしたサークル仲間と、聞いていた数人がいつの間にか本気で悪口をいいだしたんです。まるで悪意が許容されたのをお互い確認しあい、同盟を組んだかのように。程度の低い考えを持つ人間の悪口というものは、どのジャンルどの時代においても同じもので、そのひとのファッションや容姿、年齢や学歴、活動とは関係のないことまで悪くいう。それを聞いた他の者が『そういうことというの、やめとけ』って注意したら、一瞬だけ反省したような顔はするんですけど、注意した者がいなくなったらまたはじまる。

その悪口をいう者のなかには、Eさんに原稿作業を手伝ってもらったやつもいたんですよ。なんかの応募が間にあわないからって徹夜で。酷いでしょ。

そんな陰口が少しずつEさんの耳に入るようになり、彼は次第に心を傷つけられていった。ぼくたちはその度に彼をなぐさめていましたが、それでも周囲の態度が変わっていくようすは、彼にとって大きなストレスとなっていきました。Eさんの作品がさらに注目され、出版社からも声がかかるようになると、周囲のやっかみはさらに増していきました。

ある日、Eさんの作品が雑誌に掲載されることが決まった。すると何者かが彼の悪口を書いたメールを匿名で編集部へ送りつけて、あたかも彼が面倒くさい人間のように思わせる事件が起きた。確か犯罪歴があるとか、盗作の疑惑があるとか、そういった陰湿な内容のメールでした。

こうした妨害によってEさんは、編集部の信頼を少しずつ失っていくのではないかと不安を持つようになったみたいで。そして編集部側も次第に疑念を抱くようになって、彼が本当に漫画家として信頼に足る人物かどうかを見極めようと厳しい目で見はじめた。また、直接的な嫌がらせもはじまるようになって。匿名の掲示板にEさんのアイデアは盗用だとか、彼の描いた作品に対して批判的なレビューを投稿する者も現れた。彼は自分の作品や才能に自信を持てなくなり、次第に創作への意欲も失っていきました。以前のような情熱が消えていき、作品を描く手が重くなって。自分が描くべきものがなんなのか、そして自分の作品に価値があるのかさえも、わからなくなっていった。周囲の友人たちも面倒ごとにかかわりたくないと、次第に彼から離れていき、Eさんは孤立してサークルをやめてしまった。

やめてからも彼の創作活動は以前のような勢いはなく、描きかけの作品が幾つも自宅の机に放置されるようになりました。ぼくたちはそんな彼を見かねて、励まし続けましたが、Eさんのこころのなかに積もった不安や傷は深く、なかなか立ち直ることができなかったようです。ストレスからか、躰に湿疹のような症状がでて。連載の話もあったんですが、ペンを持てなくなったEさんは編集部に自ら断りの電話を入れていました。ぼくを含め、Eさんを応援していた何人かも、Eさんを傷つけたサークルが憎くて、やめてしまいました。一部の連中のせいといえど、彼らがいる限り活動を続ける気は起こりませんから。

その後も何度かEさんにチャンスは巡ってきましたが、彼は以前のようなエネルギーを持ってチャンスに挑むことができませんでした。彼の才能が完全に潰されてしまう前に、なんとか救う手段がなかったのか、いまでも悔やんでいます」

「社会人になっても、長年の夢だった漫画を描くことをあきらめきれず、休日に参加できる漫画サークルを見つけて入会したんです。メンバーはプロを目指しているひとから趣味で楽しんでいるひとまで、幅広い層が集まっていました。私には、いつか勤めている会社を辞めて漫画家になるぞ！　なんて気概はなかったんですけど、やっぱりなにかに没頭して時間を過ごすのは楽しくて。気がついたら入会して数年が経っていました。

そこに若いEさんがサークルに入ってきて。新人賞の佳作をとった経験もあって、漫画家になるという気力に溢れていたので、みんな彼のことが好きでした。

でも少しずつ彼の態度が変化していったんです。最初はなんでもニコニコした感じで話を聞いてくれたんですが、そのうち言葉の端々にトゲなようなものが見えだして。例えば、みんな社会人なんで平日は仕事をしているわけです。休日に集まって作業をするんですけど、やっぱり描くスピードは速くはない。それでも一生懸命描いているひとにむかって『え？　まだそのページっすか？』とか『遅っ』とかいうようになって。いわれたほうは『いま仕事が忙しくてさ、なかなか進まないんだよね』って笑っていたんですけど、Eさん『ああ、やっぱりその程度っすか』って嫌味をいってどっかいく。なんか感じが悪いなって思ってEさんのことを観察していたら、ある程度の年上の年齢のひとたちとは仲良くなる気がないみたいで、いつも歳の近いメンバーと仲良くしていました。そのメンバーたちは夢や漫画への情熱の話をするのが好きなひとたちで、手よりも口が動いているタイプの方々ばかりでした。彼らのことは大切にしていましたが私たちのことは軽んじているようで、資料を貸すとか、徹夜で作業を手伝うなどと約束しても平気で破っていましたね。

そんなEさんがあるとき、業界でも有名な漫画賞を受賞したんです。サークル内は大盛りあがりで、みんなでお祝いをして、彼も『ありがとう、みんなのおかげだよ』と笑顔を見せていました。私もこころから彼の受賞を喜びましたよ。そりゃそうでしょう、一緒に活動していた仲間に大きなチャンスが訪れたんですから。私は『これでプロデビューも近いですね』と声をかけました。彼は『ここのひとたちとの違い、実力の差を証明できて嬉しいっす』と笑っていました。

受賞したあとから、Eさんの態度はさらに変わっていきました。

以前なら親しみをこめて冗談をいったら一緒に笑ってくれていたのに『もっと努力してからいってくださいね』と、上から目線で返したりして。私は『いやいや、Eさんほどの実力はありませんから』と軽く流したりしていたのですが、だんだんにその言葉が辛く感じるようになって。それに気づかずEさんは『ぜんぜん努力が足りない』とか『もっと真剣にしたほうがいいんじゃないですか』と私や他のメンバーに対して厳しい言葉を投げかけるようになって。特に私に対しては会話のたびに『お前』とか『こいつ』という言葉を使うようになって。サークル内では、皆が一緒に楽しく創作していたはずなのに、彼だけが違う世界にいるみたいでした。

ある日、サークルの集まりでEさんに作品を見せたときのこと。

Eさんは私の作品をぱらぱらとめくりながら「うーん、やっぱ甘いよね。これじゃあプロになんてなれないよ」と冷たい口調でいいました。

その言葉に少しショックを受けました。

Eさんのいない日に他のメンバーと何気なく話をしていると、彼らもまたEさんから厳しい言葉をかけられていたことがわかりました。

『オレ、こんな程度の作品で満足してるの？　っていわれちゃって……』

『ぼくは表紙だけ見て、やる気あります？　って……キツイいいかたするよね』

みんな、こころのどこかで不快な気持ちを抱えていました。

それでもEさんのことを尊敬している手前、あえて黙っていたんです。すごく落ちこんでいるひともいたので私は腹が立ちましたが、辛そうな彼らを慰めるために『あいつ天狗になってないか』と冗談まじりでいいました。私が乱暴な言葉を使ったせいか、少しだけみんなの溜飲が下がったようで、やっと笑ってくれました。自分だけじゃなく、他にも彼のことを良く思っていないひとがいる。それだけで少し救いになったんでしょう。私はそれからも落ちこんでいるひとがいたら彼のことを冗談にして笑わせていました。作品のことだけでなく容姿や服装、年齢や出身校のことまでバカにして傷つけられた者もいたので『気にしなくていいよ。だいたい彼、ひとのことといえる容姿じゃないし』とネタにするしかありませんでした。すると別のメンバーが『そういうことというの、やめとけ。悪口をいうのはよくないぞ』と割って入ってきました。Eさんの内面に気づいていないメンバーもいるのです。『Eさんは真剣なんだ。アドバイスが厳しいのも愛があるからだよ』と私たちをたしなめました。私たちにもいいたいことがあったけど、口をつぐむしかありませんでした。

きっとEさんと仲の良いメンバーが、私たちが悪口をいっていると報告したのでしょう、彼はサークルにくると挨拶もせずに黙って入ってきて、帰るときに『死ねよ、ジジイども』と悪態をつぶやくようになりました。

雰囲気も最悪になったので私はみんなに、もうEさんの話をするのはやめようと提案しました。みんなも考えてうなずき『そうですね、実に無駄なエネルギーです。彼はこのサークルにきて一年も経っていないのに、実際に賞をとり、いくつかの仕事もこなしている。実力があるのは間違いないのだからEさんはすごいひとです。これまでイヤな思いをしたかもしれないけど、彼の良いところを見習い、私たちも負けないよう、がんばりましょう』といって同意してくれました。

しかし、そんな誓いなどEさんは知る由もなく、しばらくしたらサークルをやめてしまいました。酷いことをいわれたとはいえ、申しわけないことをしてしまったと私もみんなも反省しましたが、たくさんの仲間を失ったサークルは一年も経たないうちに消滅してしまいました。ただひとつ気になったのは、Eさんが最後にサークルにきた日、荷物を持ってでていくときの悪態です。妙なことをいっていました。

『お前らの懐中電灯、バレバレなんだよ。バーカ』

懐中電灯とはどういう意味だったのでしょうか。それがいまだに謎なんですよ」

「最近は漫画の原稿を持ちこみでくるひと、めずらしいんですよ。まあ、正直にいうとめずらしいというより迷惑ですかね。私たちもいろいろと仕事が詰まっていて別にヒマしているわけじゃない。予定があるんです。それなのにいるんですよね、原稿持ってきてやったぞ、さあ読ませてやる、みたいな態度のひと。そのYさんっていうひともそんな感じの態度でした。年齢は四十過ぎでしたかね。いままでなにをしていたのか訊いたら、ずっと漫画描いてたって。

あと一時期、画材屋さんで働いていたとかなんとか。ああ、漫画サークルみたいなのに入ってたけど、レベル低くてひとりでやったほうがいいって偉ぶってもいました。そうなんですか、すごいですねっていいながら、一応原稿読んだんです。これがまた絵が下手くそで話も面白くない。ダメだなこりゃと思っていたんですけど、それよりもペンネームが気になったんです。二十年くらい前に受賞した漫画家のEさんってひとがいるんですけど、そのひととまったく同じ名前。それに気づいて改めてよく見たら絵も話も、どこか似ているんですよ、そのEさんの作品と。私がそのことを指摘するとYさん。Eさんは知りあいじゃないけど自分の作品を盗んだとかワケのわからないことをいってる。どういうことですかって訊いたら。

『ですから、おれみたいな才能がある人間って、ずっとまわりから嫉妬の目で見られているでしょ？　だから学生のころから半端な力量のやつを潰してまわっているんですよ。小学校のときは絵画コンクールで入賞した同級生の絵を盗んで燃やしたり、中学のときは吹奏楽部のイベント前に楽器を潰してやったり、高校のときは優等生を罠にハメて停学にしたり。社会人の漫画サークルの連中も半端なことばっかりやってるから内部崩壊させてやりました。新人賞をとりそうな、そのEってやつの名前を騙ってサークル入ったんですけど、だれも気づきやしない。たまたまそいつが本当に新人賞とったんで利用してやったんですけど、そのEってやつも多分おれの才能がうらやましいもんだから夜おれの家にきて脳みそからアイデア盗んでいくんで腹が立っていろいろ密告してやりましたよあることないこと。だってそれが天才の役目じゃないですか手はかかるけどそれも致しかたないって感じですよね。ご存知の通りEは消えていきましたがオレは残るからそれで問題ないし問題があるとするならガキのころジイちゃんの飯にゴミとか混ぜて病気を悪化させてやったことですけどジイちゃんもおれのことを歪んだ子だといってきたから自業自得で死んでからも懐中電灯の光みたいなもんになって窓から入ってきたけどそんなもんに負けるはずがないおれは才能を開花させていった次第ですがいままで処理してやった無能どもの怨念かなんか知らないけど二十代前半くらいのときに窓から入ってくる懐中電灯の光がめちゃくちゃ増えて部屋に入ってくるなりおれの肩や胸や腹とかに噛みついてくるもんだからアザも増えていまじゃほらこれもんですよキモいでしょ筋肉の繊維丸出しでまるで人体模型ですけどこんなんに負けない連載は来週からでどうですか』

シャツをめくって、ただれたお腹を見せながら笑っていたんですよ、Yさん。

目線は天井を向けながら頭をがくがく揺らしてへらへら、へらへら、へらへら。

刺激しないように、会議にかけてるから、あとで連絡するよ、って帰ってもらい、警備に出禁の通達しておきました。いつからそうなのかまったくわかりませんが、なにかが彼を狂わせたのでしょうね。でも不思議なことにえぐれたお腹の皮膚のまわり。それと、わき腹には人間が噛んだような歯形の跡が無数にありました。

いま思えばあのひと、本当になにかにとり憑かれていたんじゃないですかね」

才能という言葉をひとは簡単に口にするが、才能とはなんだろうか。

例えば自転車。自転車に乗ったことのない子が、すぐに乗れるようになるのは才能なのだろうか。きっと世間では才能というだろう。練習しなくても転ぶことなく乗りまわしているのだから。

では、なかなかいないと思うが、自転車を見たこともない子が自転車を前にした瞬間、これは乗り物だと理解して乗りまわした場合、自転車に乗る才能があるというのだろうか。おそらくこの場合は「自転車に乗る才能」ではなく「理解する才能」と「運動能力の才能」というのではないだろうか。

このように自転車という例をとっても因数分解できる「才能」という言葉。きっとさまざまな意見があるだろう。複数の「知識」「予測」「推理」「実行」「持続」ときには「経験」も混じって、ひとつの「才能」と呼ぶのかもしれない。

私としては、才能とは後天的なもので努力の賜物と思うのだが、実際に世のなか努力しなくてもある程度、何事もこなしてしまう人間もいる。私が欲しいのはお金儲けの才能だが、何千万稼いでいるとか何億動かしているとか話を聞くと、ゆっくりと口が開いていきヨダレが垂れるだけなので、どうやら縁はないようだ。

怪談社に所属する怪談師に「才能ってなに？」と訊くと、後天的なものとも先天的なものともいえないという答えが返ってきた。彼曰く、なにかをやろうと思った瞬間、そのひとはそのやろうと思ったことの才能を持っているのだという。一般的に考えると、怪談を語りたいなどと思うひとは少ないだろう。しかし、やりたいと思った瞬間、実行するか実行しないか、その技量は別として「怪談の才能」があるということらしい。つまり発想の時点でそこに特化する可能性があるということだ。そりゃ才能じゃなくて発想力でしょ、といいたくなったが確かに実行の前に思いつくのが必須ではある。一理あるかもしれない。反論すると面倒くさそうだし。

さて、今回は「才能を潰していく才能」の話ともいえるだろう。

いいかえれば悪の才能ともいえるはずだ。因果応報系になるのだろうが、こういった悪の才能話の特徴は、怪談だろうと現実の犯罪的な話であろうと最終的には自滅する結果が大変に多い。なぜならそこに顕示欲のようなものが強くあるからだ。

自分のちからを誇示したいということは、だれかにわかって欲しいという気持ちの表れともいえる。間違った方向や内容、心根でそれを実行すること自体、自滅を招くといえるだろう。だんだんなにを書いているか、わからなくなってきたので怪談の内容そのものに戻ろう。

Eさん（実はYさん）は行動することが目的となり、本来やりたかったことを見失っている傾向にあるといえるだろう。自分の才能を認めさせたいならば蹴落とすのではなく技量を磨くべきだったのに、固執や執着が自滅をもたらした。

これはとり憑かれているとされる人々のなかで頻繁に起こる現象だ。窓からやってくる光が霊的なものなのか病的なものなのかわからないが、とり憑かれている者の特徴（当社基準）がはっきりと表れている。その特徴とは次のようなものだ。

・なんでもひとのせい、あるいは社会のせいにして自分に落ち度がない。
・なにもしていないのに自分はもう社会で成果をあげたと信じてやまない。
・意識してなくとも、その行動がだれかの破滅を願っているものになっている。
・正義のためシステムを正そうと声をあげ、同じような考えを強要している。
ひとつでも当てはまったあなた。明日、お祓いにいくことをお勧めする。

変わった家族

Aさんが彼氏のCさんとつきあいはじめて、半年が過ぎようとしていた。

彼は優しく、いつも彼女を気遣ってくれる一方で妙なところもあった。

ときどき変わった行動をとって、何度か彼女をおどろかせていたのだ。真冬の寒い日に半袖姿で現れたりしたこともあった。Aさんが「そんな服着て鼻水垂れてるじゃん。寒いのになんで？」と訊くと「そういう気分だったから」と答える。レストランで食事中に他のお客さんをじっと見つめていたので「そんなに見たら失礼だよ、やめなよ」とAさんが注意すると「だって、目につくんだもん」と意味のわからないことをいう。道を歩いているとき「ここを曲がれば早いんだよ。いつも通ってるんだ」と進んでいき、知らないひとの家の庭に入って通過していき「ほら近道」と笑っていることもあった。Aさんは彼の奇妙さに戸惑いながらも、困ったり笑ったりさせてくれる彼が好きで関係を続けていた。

ある日、会社の同僚から展示会のチケットをもらった。同僚の友人がカメラをはじめたらしく、撮り溜めた写真の初めての公開ということだった。Aさんの趣味にぴったりの風景写真で、無料だったこともありCさんを誘っていくことに決めた。

展示会は都心からすこし離れた場所で開催されるとのことで、ローカル線を乗り継ぎ、いつもとは違う田舎の風景を眺めながらふたりは電車に揺られていた。

駅をでて、目的地にむかう途中、Aさんはすこし不安を感じはじめた。

「こんな場所に会場があるのかな?」

「書いてあるんだから間違いないよ。見つからなくても一緒に歩くの気持ちいいし」

確かに、ふたりで散歩するだけで、なんだか楽しい気持ちにはなる。

そうこころのなかで思いながら道を進んでいった。

やがて古い倉庫を改装したような会場が現れたのでAさんは安心した。展示されている写真は予想よりも充実しており、Aさんは大いに楽しむことができた。Cさんも彼女が興味を持っている写真に関心を示してくれて、満足した時間を過ごした。

会場をあとにして、空腹を感じたので、近くの喫茶店に入ることにした。昭和風のレトロな店内はどこか懐かしく、Aさんはメニューを眺めながらなにを注文しようか悩んでいた。するとCさんが「ここのおすすめ、オムライスだよ」といいだす。

「どうしてそんなことわかるの？」

また適当なことをいっているな、と思いながらAさんは尋ねた。

Cさんは水の入ったコップを片手に答える。

「おれの実家、この近くなんだ」

「え？」

「ここはむかし、よくきてたんだよ。だからオムライスがおすすめ」

「どういうこと？　この近くに実家があるってこと？」

Cさんは「だからそういってるじゃん」とコップをテーブルにおく。

半年以上もつきあっているのにCさんの実家のことを初めて知った。彼は地元や家族についてあまり語ることはなかったが、そんな問題ではないとAさんは思った。

「せめて駅についた時点で教えてよ、そういうことは」

「展示会にいくのが目的だったから。おれの実家には寄らないでしょ」

「だいたい、なんでいままで教えてくれなかったの？」

「特に話す機会がなかっただけ。オムライス頼みなよ。ソースはケチャップだけど」

相変わらず、とぼけた答えと性格にAさんは呆れてしまった。

そこからAさんはCさんに、この付近のことをしつこく訊いてみた。

なにもないところだから特に話すことはないということ、近くの蕎麦屋でうどんを頼んだが作ってもらえなかったこと、むかしは家の庭でよくひとり遊びをしていたということ、年に一度くらいは実家に必ず帰っているということがわかった。

「そうなんだ。実家かあ……あなたの実家、ちょっといってみたいかも」

「いいけど、だれもいないし。特に面白くないよ」

「え？　いいの？　でも、どうしてだれもいないってわかるの？」

「勘だよ。おれって勘がいいじゃん」

彼の勘がいいなどと一度も思ったことはなかったが、とりあえずうなずいた。

好奇心が湧きでてきたAさんは、このあとすぐに実家につれていってもらえるようCさんに頼んでみた。彼は一緒に頼んだオムライスの最後のひと口を食べて「いいよ、じゃあ、いこうか」と立ちあがった。喫茶店をでて、Cさんの案内で彼の実家にむかう道すがら、Aさんは奇妙な感覚を抱いた。道は細くなっていき、もともと少なかったひと気はさらに減って、どんどんあたりは静かになっていく。まるで周囲の空気そのものが変わっていくかのように感じられた。

「なんか変な町ね、ここ。まさか異世界の住人だった的なオチ？」

「なにそれ？　そんなんじゃないよ。ただ昭和っぽすぎるか田舎すぎるってだけ」

おしゃべりをしながら歩いていくと、古びた家が見えてきた。

さっきの展示会で飾られていたモノクロ写真にありそうな、長い年月を経ている木造の一軒家。門の前に立つと錆びついた門柱にからまったツタが風に揺れていた。

「ここが、俺の実家」

Cさんはなんの気負いもなくそういったが、Aさんは家の雰囲気に圧倒されていた。まるで時間がとまったかのような静けさと、重苦しい空気が漂っていた。

「本当にここに住んでたの？」

Aさんは半信半疑で尋ねたが、Cさんは笑顔でうなずいた。

「そうだよ。なかに入って休憩していこう」

Cさんが玄関のドアノブをまわすと、きしむ音が響きドアが開いた。

「いつも鍵、閉めてないの？」

「閉めてるよ。鍵、持ってるから閉まってても開けられるし」

「いや、そうじゃなくて、いま鍵、使わずに開けたでしょ？」

「うん。だれかいるみたいだね」

「さっきは家にだれもいないっていってたのに？」

「うん。勘が外れたみたい」

「え？　じゃあ、もしかしていま家族のひとがいるの？　私こんな普段着……」

「ただいまあッ」

うろたえるAさんをよそに、Cさんが家のなかにむかって声をかけた。

廊下の奥に母親らしき女性が現れた。

「母さん、ただいま」

母親は足音も立てずに玄関のほうへ歩いてくる。

Cさんに軽く会釈をすると生気のない目を見開いて、Aさんをじっと見ていた。

「あ、こちらAさん。おれの彼女だよ」

「い、いきなりすみません、初めまして。Aと申します」

Aさんは深々と頭をさげてあいさつをした。

母親はただうなずくだけで、なにも言葉を発さなかった。

無表情がAさんのこころに不安を植えつける。

続いてでてきたのは年老いた父親と、Cさんの兄弟だろうか、すこし年上の男性だった。彼らもまた、母親と同じように無表情でなにもいわずに、ただAさんを見つめるだけだった。沈黙が異様でAさんはますます居心地が悪くなっていった。

「父さんと兄貴だよ。ささ、入って、入って。遠慮せずに」

「お、お邪魔します」

靴を脱いで廊下に足をあげると、Cさん以外の全員がその足に目をむけた。

Cさんが「こっちだよ」とAさんをそのままに、先陣を切って廊下の奥へと歩きだす。彼女は「ちょ、ちょっと待ってよ」とCさんについていく。他の家族は無言のまま一列になってAさんのうしろについてきた。

通されたのは和室で、テレビとテーブルがある一般的な居間のようだった。

「うち座布団ないけど、座って座って」

いわれるままAさんが腰をおろすと「お茶入れてくる」とCさんは台所にいった。

彼が居間をでるときに「ちょっと、どいて」と声が聞こえたので振り返る。

母親と父親、そしてCさんの兄が立ったまま廊下から、相変わらず無表情のままAさんを見つめていた。苦笑いを浮かべて会釈をするAさん。あわせたように三人は会釈を彼女に返すと、無言で居間に入ってきてAさんのむかいに並んで座った。

「あ、改めまして、Aと申します。今日はいきなりすみません」

「……」「……」「……」

「き、今日はこの付近に用事があって、実家がすぐそこだって聞いて……」

「……」「……」「……」

「い、いきなりでご迷惑じゃありませんでしたか？」

「……」「……」「……」

どんなに話しかけても三人は微動だにせず、なんの返事もしなかった。

Aさんはどうしたらいいのかわからず、妙な緊張のあまり汗がふきでてきた。こころのなかで（お茶なんかいらないから、はやく戻ってきて）と祈ったがCさんはなかなか戻ってこない。耐えられずスマホをだそうとカバンに手を伸ばすと、三人は同時にびくっと肩を震わせた。

「お待たせ。お茶なかったから外で買ってくるわ」

「いらない！　お茶いらないから！　私、緊張してちょっとアレだから座って！」

Ａさんは Ｃさんを無理やり座らせて「ひとりにしないで！」と直球で頼んだ。

「ひとりじゃないじゃん。どうしたの？」

Ｃさんは不思議そうな顔で首をかしげると、三人にむかって話しだした。

今日はこの近くでたまたま展示会があって観にいっていたこと、自分の仕事は順調だということ、Ａさんとつきあって半年ほど経っているということ。

そのすべての話題に返事はなく、彼が一方的に話しているだけだった。

三人は全員、なんのリアクションもすることなく、ただ瞬きをして彼女を見ているだけだった。Ｃさんはつまらない冗談もいったが、だれも笑わなかった。すべったので面倒くさくなったのか疲れたのか、彼も黙ってしまい、重い空気だけが充満していく空間になった。

長い沈黙のあと、Ｃさんが急に「そうだ！」と声をだして立ちあがった。

Ａさんはおどろいて飛びあがりそうになった。

三人も同じように、Ｃさんの急な声と動きにおどろいていた。

「ちょっとでようか。庭に見せたいものがあるんだ」

Ａさんは提案に従って彼についていき、玄関から外にでた。

庭は手入れがされておらず雑草だらけだった。Ｃさんは庭の端を指さし「ほら、あれ。あそこ、見てごらん」と色あせてぼろぼろになっているプラスチック製のすべり台を彼女に見せた。

「よく遊んでたんだ。懐かしいな。階段から登ってすべって、また登って……」

「おい」

「すべってさ。もうずっとひとりで登ったりすべったり……」

「ええっちゅうねん。いい加減にしろ。わかっとるわ。さっきすべってたもんな」

「え？　なんか怖い。いきなりどうしたの？　なんで機嫌が悪いの？」

Ａさんは家のなかまで聞こえないよう、小声で怒りをぶつけた。

「機嫌悪いに決まってるわッ、なんでこんなところに私をつれてくるのよ」

「キミが実家にいきたいっていうから、つれてきたんだけど」

マイペースなＣさんの回答にＡさんはヒートアップしていった。

「なにもないじゃんッ。どうしてなにもないのッ」

「おれいったよね？　なにもないって。それでもキミが……」

「物理的な意味じゃなくて会話ッ。私がいってるのは会話がないってことよッ」

「なにいってるの？　しゃべってたじゃん、さっき一生懸命に。場をつないでさ」

「あんただけねッ、つながってないしッ、勝手に諦めるしッ」

「諦めたのはそうだけど……でもAちゃんもさ、つながる努力してよ」

「できるワケないでしょッ。なんであのひとたち、ひと言も話さないのッ」

「なんでって。いいじゃん。別に話さなくても」

「は？　ボコるぞッ」

「ちょ！　だから怖いって。もう、乱暴だなあ」

「なんなの？　はあ。こんなの初めて。私のこと、キライなの、あのひとたち」

「違うよ、今日逢ったばっかりなのに、キライになる理由ないじゃん」

「じゃあ、どうしてなにもしゃべらないのよ」

「信仰上の理由じゃないかな、それは」

「ふざけるのもいい加減にせんと、ぶち殺すぞッ」

「ふざけてないって、マジで。今日は七月十五日でしょ。お盆だからだよ」

旧暦のお盆を大切にする地域が、関東の一部にも残っている。

Cさんはそれがしゃべらない理由だとAさんに説明した。

「お盆だからって、どうしてしゃべらないのよ？」

「そういう決まりだからじゃないの？　このあたり、みんなそうだよ」

Aさんは「あんた、なにいって……」まわりの住宅を見渡して息を呑んだ。

周囲の家々、そのほとんどの窓に人影があった。

その全員が直立の姿勢で、AさんとCさんを無表情で見つめている。

「この付近のひとたち、みんなじゃないかもしれないけど、けっこう多いよ。家に帰ってくるんだって、亡くなったひとが。それを黙って待っているんだって」

「ど、どうして、こんなに、みんな窓からこっちを見ているの？」

「珍しいんじゃないの？　この家に客なんて。黙る日だし」

「な、なにそれ。お盆は黙る日なんて、聞いたことないんだけど？」

「うちの父親が広めてるから、地域の風習じゃないと思うよ。詳しくは知らない」

「広めてる？　お父さんってさっきの？　何者なの、お父さんって」

「ただの町内会長。多分。宗教っぽいこともしてるみたいだよ。あんまり興味ないけど。でも……確かに空気から察して、もう今日は帰ったほうがいいかも」

「空気って？　どういうこと？」

「なんかみんな表情ないけどさ、怒ってるみたいな感じしない？　おれたちがいることを。なんかされる前に退散したほうがいいかも」

すっかり気味が悪くなったAさんは、このまま帰りたいとCさんに伝えた。

彼は「仕方ないね。じゃあ、ちょっと待ってて」とAさんのバッグをとりに家に入っていった。戻ってきたCさんは小声で「やっぱりみんな怒ってるぽい。おれは今日ここに泊まったほうがいいかも」と彼女にひとりで帰るようにいってきた。

すぐにでも立ち去りたかったAさんは、忠告に従い、Cさんの家から離れていった。

途中、道のむこうから白い着物のひとが歩いてくるのが見えた。背中を丸めてゆっくりと歩く老人のようだったが、遠目にもその顔色が悪いのがわかる。

下をむいて目をあわせないようにしてすれ違った。

すれ違う瞬間、線香特有の鼻をつくニオイがしたという。

ずいぶん歩いて国道にでると、周囲の空気がぱっと明るくなった。

やはりあの町内だけ雰囲気が違っていたんだとわかり、また怖くなった。

家に帰ってからやっと安心した。ふとバッグのなかに、折りたたまれた手紙が入っていることに気づいた。怖々と開くと一行「二度とくるな」と記されていた。
これ以来、Ｃさんと逢っておらず、連絡がくることもなかった。

新興宗教のニオイがぷんぷんする話である。

いちおう説明しておくが日本で新興宗教や新宗教と聞くと、特に最近は、あまり良いイメージはないかもしれない。しかし、そのものに問題があるワケではない。憲法で約束されている通り、なにを信じてなにを崇めるかはひとそれぞれの自由だ。同じように、信仰を持たないことも自由。問題は洗脳と呼ばれる行為やひとに迷惑をかけるカルト宗教と呼ばれるものだけで、それ以外は遊びでも本気でも好きにしたらいいと思う。

「宗教」と聞くだけで毛嫌いするひともいるが、この国では宗教がらみの文化や風習、習慣が多い。もはや避けることができないものでもある。いまさら恵方巻を禁止にもできないし、CMで流れている曲の通りにクリスマスは今年もやってくるのだ。世俗と同じように、新宗教も、他の宗教の行事がとりこまれていることが多い。特に皆さんが仏教と認識している系統の宗教とキリスト教は、有名なものが多いせいか、他宗教にとりこまれる要素がたくさんあるようだ。

そして、今回の話ではお盆の要素が入ってくる。

怪談マニアには、お盆＝死者が帰ってくると信じているひとが多いが実際はそうでもないし、諸説あるが、なんだったらお盆は仏教ですらない。諸説あるが、基本お盆は供養を行う日として認識したほうがよい。諸説あるが、先祖崇拝から結びついた考えが死者の帰りだと思われる。これだけ諸説あるがと何度も何度も書いておけば責任を免れることができるので、宗教や歴史のことを書くときには皆さんも「諸説あるが」と多めに書いておいたほうがいい。いい逃れができるので。諸説あるが。

脱線しそうなので話を戻すが、今回の怪談のポイントは、新宗教や死者の帰りを無言で待つことや白装束のゆうれいなどではない。もしも霊が実在するならば、その霊を引きよせやすいタイプのひとがいるのではないか？　というのがポイントである。これは「とり憑かれやすいひと」といいかえることもできる。

とり憑かれやすいひとの特徴を考えたとき、霊感があるひとや精神的に病んでいるひとが挙げられるのは、皆さまもなんとなく理解できるのではないだろうか。感受性や病理的な理由、孤独感や妄想、スピリチュアル方面の思考が強いなどが特徴として思い浮かぶだろう。

だが、聴き集められた怪談を記し続けて十六年（そんなにこのヤバい仕事しているなんて我ながら衝撃。とり憑かれそうですう）ほど経ち、この「霊感」と「病み」以外にもとり憑かれやすいタイプが存在するのがわかった。

それは、物事をややこしくしてしまうひとなのである。


物事をややこしくするひとには、いろいろなタイプがあり、共通するところはあるが幅が広い。おおまかに特徴を説明しよう。しようってなんか偉そうだな。

まずは「自己中心的な思考の持ち主」だ。物事を己の視点だけでしか考えず、他者の意見や状況を軽く考える傾向がある。このせいで、問題解決において他人との摩擦を引き起こしやすくなる。

そして「感情的な反応」。感情的に反応することで、理性的な判断を妨げる場合がある。感情が思考よりも先行することで、冷静な判断がむずしくなり、事態が複雑化してしまう。

さらに「過度の分析や思考の偏り」。問題を必要以上に分析して、シンプルな解決策を複雑にしてしまうことがある。これは、完璧主義や不安感からくるものかもしれないが、自分が他人からどう見られているか。という自己愛からくることも多い。

これらのすべて、あるいはどれかが強すぎる人物が、ややこしいひとの特徴といえるのではないだろうか。

彼らは怪談の取材で登場人物として、なぜか頻繁に現れる。

怪談におけるややこしいひとは「霊感」や「病み」と重なりあって体験談が成り立っていることもあり、まさに超ややこしい体験談ができあがっていることもある。

類が友を呼んだような感じがするが、このポイントを考え、理解することで対策や防止策がみえてくるような気がしてならない。ゆうれいやスピリチュアルのせいで終わらせたら簡単でいいのだが、きっとそれは本当の解決にならないだろう。

怪異体験者たち

同窓会から帰ってきた妻に「おかえり。どうだった?」って尋ねたんです。

ソファに腰かけて、ため息つきながら妻は答えました。

「面白かったけど、ちょっと疲れた」

確かに彼女はすこし疲れた表情でした。

なにかあったのかと心配になりましたが、妻は同級生たちの話をはじめました。

だれだれがこんな仕事についたとか。ナントカさんがすごく落ちついた雰囲気になっていたとか。私は「じゃあ、楽しかったんだね。良かった」と笑いました。

「うん、でも……」

彼女はなにかいおうとしましたが、どこか歯切れが悪い。

「いろいろと懐かしい話がでて、楽しかったよ」

「そりゃ、そうだろう。同窓会なんだから、むかしの話ばっかりだろ?」

「……ちょっと変な話もでたんだよね」

私は「変な話?」と彼女のようすをうかがいながら返しました。

「うん。話してるうちにさ、みんなで肝試しにいったときの話になったんだ」

「肝試し? どこで? どっかの心霊スポットみたいなところ?」

「ううん、学校の校舎のなか。そういうウワサがあったの」

「学校の七不思議みたいなウワサだね。オレのいってた学校にもあったなあ」

理科室の人体模型や音楽室のピアノなど、小学生のころ怖かったベタな七不思議のことを私は思いだしていました。まあ、そんなものウワサだけで、実際に見たひとなんていなかったんですけどね。

「そうなんだけどさ……なんか、その話がちょっとおかしくて」

「どういうこと?」

彼女はすこし戸惑った表情を浮かべながら、話を続けました。

「屋上にあがる入口の横にね、ちいさな教室? ううん、教室っていうか多分、倉庫みたいな部屋があったらしいの。だれもそこに入ったことはないんだけどね」

「あったらしい？　入ったことないのに？」

「っていうのも、その倉庫の入口、板を貼ってそのうえからペンキ塗られて。完全に入れないようにされていたのね。隠しているつもりだったらしいけど、他の壁と色がぜんぜん違うからバレバレだったの。叩いたら空洞みたいな音がするし」

「へえ、なんだか不気味だね。なんで封印したんだろ？」

「ウワサではね、そこの倉庫から何人かの生徒が飛び降り自殺して、そのゆうれいがでるからって話だったんだけど。もちろん、ホントのことはわからない」

「屋上のゆうれい、とか呼ばれていたの？」

「正解。屋上のゆうれい。正確には屋上の手前にある倉庫のゆうれいなんだけど」

「放課後とかに、そこへ肝試しにいったってこと？」

「うん、放課後。むかしからゆうれいがでるってウワサは聞いていたけど、実際にだれかが見たって話は、私の記憶ではなかったんだよね。でも、みんなの話だと、どうも私も参加したその肝試しのとき、ゆうれいを見たってことになっていて」

「ゆうれいを見たことになっていた？　どういうこと？」

「見なかったの、ゆうれいなんか。でも、みんなそろって同じゆうれいを見たっていうのよ、あのとき。倉庫の入口があった壁にいったとき、真っ白いおんなの子が壁から顔をだして笑ったって」

「へえ、面白い話じゃん。それでキミも見たのか？」

「いや、私は……」

妻はマユをよせてすこし考えこみました。

「私の記憶だと、そんなのはぜんぜん見なかったの。肝試しにはいったけど、ゆうれいなんて見た覚えはないし。でも、みんなはハッキリ覚えてるみたいで……」

「みんなって、だれが話してたの？」

「当時、グループのリーダー格だったY子と、そのグループにいつもいた子たち。Y子がいちばん話していて、みんなもそれにうなずいて同調してた感じかな」

「グループの中心だった子がいうから、みんなもあわせてるんじゃないの？」

「でも、みんな本当に見たっていってるのよ。全員が。見たって。はっきり」

「全員が？　そんなことあるのか？」

私は首をかしげました。

「だから、変なの。私だけがその記憶がないのよ。他のことは鮮明に覚えてる。その肝試しにいくキッカケになった会話がクラスの男子が怖い本を持ってきていたとか。そういうところは、みんなの記憶とあっているの。他にもこっそり持ってきていたお菓子を交換して食べたこととかも。だけど、そのゆうれいの話だけがどうしても思いだせない。というか、ゆうれいなんて、でてこなかったはずなんだよ」

「もしかして、みんなで作り話をしてるとか？　そのときの雰囲気で、だれかが話を大げさにしてさ」

「そんな感じじゃなかった。怖がって、Y子なんて涙目になりながら話してた」

「でも、キミは覚えてない。不思議だね。Y子ちゃんが勘違いしてるとかは？」

「そうかもしれないけど……みんなの話があまりにも一致してるのが気になるの」

「たとえばどんなふうに一致してるの？」

「Y子は先頭だったとか、だれだれが大きな声だしてビックリさせたこととか。私が怖くなって先に帰ったこととか、それはみんなの話とあっているの」

「それにしても、おかしい話だよな。全員がみたのにキミだけが見てないなんて」

「だから、私も『そんなことあったっけ？』って訊いたんだけど、みんなすごく真剣に話していて。私のことを疑うような目で見てきたの。『あのとき、あんたもいたじゃない』っていわれて、逆に私がおかしいみたいに思われて……」

「もしかして、キミが忘れちゃっただけなんじゃないのか?」

「それならいいんだけどね。でも、どうも腑に落ちないのよ。私だけが忘れるなんて、そんなことあるかな」

「確かに。全員が覚えてるなら普通はキミも覚えてるはずだし、逆にキミ以外のだれかが忘れていてもいいのに。そもそもキミ、けっこう記憶力いいからね」

「でしょ。だから私も途中から、あわせるしかなかったの」

「あわせたの? なんで?」

「だって、あまりにもみんなが真剣だったから。私が違うっていっても『そんなことあるわけないじゃん』っていう顔をされてさ」

「同調圧力に屈したか。でも、それはちょっと怖い話だな。みんなが同じことをいい過ぎているってのは……もしかしたら、なにかあるのかもしれないね」

「そう思う? 本当にゆうれいがいたってこと?」

「いや、いたかどうかはわからないけど、集団心理っていうかさ、なにかしらの理由で、みんなで一緒に同じことを信じちゃったとか。そういうことはあるだろう」

「うーん……でも私はどうしてもその記憶がないんだよ。なにか見逃したのかもしれないけど、まったく覚えてない」

「まあ、そういうこともあるのかもな。記憶って案外あいまいなもんだし、特に怖い話なんて一度聞いちゃうと、あとで自分でも見たような気になるもんだしさ」

「そうかもしれないけど……でも、なんか気味悪いよ」

「そりゃそうだろうな。自分だけが覚えてないなんて。不気味に感じる」

「だから、帰り道もずっとそのことが頭から離れなくて。みんなはあのとき、なにを見たんだろう？　私だけが見逃したのかな？　本当になにかあったのかな」

「あんまり深く考えることじゃないよ。思い出が誇張されただけの話だよ、きっと」

「そうだね……そう思いたいけど」

妻はまだ納得していないようでしたが、私は笑って肩をすくめました。

「ゆうれいなんて、だれも見たことないんだしさ。あんまり気にするなよ」

「そうよね。あのときって、みんな変になっただけだし」

「ん？　変になったってどういうこと？」

そこで妻が妙なことをいいだしたんです、いきなり。

「あのとき倉庫があった壁に到着して、みんなで怖々と壁をじっと見ていたのね」

「うん、肝試しのときに実際にあったことね。それで？」

「そしたらY子がいきなり壁に両手をあてて『あー』とか変な声だすの」

「え？」

「やめときなよ、触ったら呪われるかもよって冗談いったのね。

他のみんなも黙って両手をあてだして。

躰をビタって壁にくっつけて『あー』『ああ』って声だすの。

『ちょ……みんな、なにしてるの？』って私があとずさりしたら。

みんなでお婆ちゃんみたいに腰を曲げて壁を引っ掻きだしたの。

一心不乱にかりかり、かりかり」

「……なんだよ、それ」

「みんなの声の『あー』とか『ああ』が、だんだん重なっていく感じになって。

それが歌なの。

なんの歌かわからないけど、壁を掻きながらみんなで歌うたってるの」

「お、おい。怖いって」

「怖くて『み、みんな私、もう帰るね』っていった。全員が私のほう見て。白目。みんな白目になっていて笑いだしたの。壁を掻きながら。歌いながら。げたげた嬉しそうに笑ってた。それがもう怖くて、逃げるみたいに先に帰ったのね。

私の記憶にある実際にあったことは、こんな感じだったのに。

みんなはあのときゆうれい見たって。やっぱり、なんかおかしくない?」

この系統の話は取材しているとぶつかる問題をもさしている。
体験談を物語として語ったり書くこと自体、完全な実話の定義からは外れていると私は思っているのだが、可能ならば補足や補充以外に話を盛ったりすることはできるだけ避けている。なぜなら、詳しく話すと長くなるので割愛するが、創作よりも実話のほうが脳内のコストパフォーマンスがいいからだ。人生というものがいかに面白くて奇想天外なものかを多少はわかっているつもりだが、語りや書くことによって、なにかしらのフィルターを通すことになり、その性質が変化することは否定できない。かといって、話が面白くないのを話の提供者のせいにしたくないし、実話の路線を逸脱しすぎて『あなた友だちいないから、なにが普通かわかってないんですね。ふふふ』とか思われたくない。そう。まさに同調圧力。

脱線しそうだから話を戻そう。十二年ほど前にあった出来事だ。
私が取材して書籍に載せた話が、体験したものとぜんぜん違うという苦情があった。
それは話のなかではとても重要なくだり、大きな怪異が起こるところだった。

そこのくだりを、いい間違えや違うニュアンスで受けとった程度の変更ではなく、かなり大げさに書いていると相手は怒っていた。しかし私は、現象の部分にかんしては特に気をつけて聞いたまま書くよう、こころがけている。

取材のなかで、伝わっていない言葉のやりとりをしていたせいで、こちらがずいぶん間違えて話を理解していたという失敗も過去にあり、気をつけているつもりだった。でも相手はぜんぜん現象が違うことを強く訴えてきた。

それはもう強い言葉で、どう責任とるのか、といった感じだった。

仕方がないので、極力避けたい行動だったのだが、私は取材中に録音していた相手の音声を本人に聞かせた。避けたかったのは、ほら、あなたいってるでしょ？　と今度はこちらが責任を追及するような形になって、お互いイヤな思いをするからだ。

録音を聞いた彼はこういった。

「おかしいな？　おれそんな風にいうたか？　ぜんぜん覚えてへんわ。ははっ」

私がいいたいのは人間の記憶はこの程度のものなのだ、ということ。

ほんのわずか前に自ら発言したことや行動を記憶できず、感情に身を任せて相手を責めるくらいの性能なのだ。そこに責任感は発生しない。いや、発生しようがない。なぜならば覚えていないから。もうこれは都合の良い記憶だけを脳内で検索して、都合の良いものだけを信じこむ生物だと思ったほうがいい。その生物に対して怪異体験談だとか霊感があるとかをすんなり信じこむほうが正直どうかしている。どんな発言をしても責任をとることなど考えていないのだから。いまの誹謗中傷社会を見てもそれはよくわかる。

そして体験談、別に怪異体験でなくとも、一昨日の夕食の話でもいい。ほとんどの者がどう食してどんな会話をしたのか、正確に伝えることができない。きっと調べれば歴史も、類推や現在の価値感、そして個人的感情が山ほど入って、とんでもなく事実と違うものが完成しているのだろう。逆にいうならばわからないもの、覚えていないものを補充できるほど、性能がいい生物ともいえる。相手の勘違い、相手の意図によって証言を変えられるケースが実際にある。実話を蒐集している方々は注意をしたほうがいい。簡単に体験談募集をかけられるようになって起こる弊害がおそらくこれだろう。そこにお互い信用がない限り、トラブルはあとを絶たない。この話は長くなるので、実話の定義はまた別の機会に。

さて。この奥さまの体験は、次の可能性が挙げられるだろう。
・同級生のY子さんたちが、奥さまにウソをついていたという可能性。
・奥さまの記憶自体が小説や映画と混じってしまい、間違っている。
これらの可能性ももちろんあると思った。しかし、そうではなかった。
話がややこしくなるので、実はこの話に書かなかったことがある。

同窓会から帰宅したときに交わした会話から数年後、旦那さんが奥さまに「そういえば、あの話怖かったね」と思いだしたところ、なんと奥さんのほうがこの話そのものを覚えていなかった。旦那のほうがずいぶん混乱し、そのうえ「あなた、だれかと間違えてるんじゃないの」と浮気を疑われるほどだった。怪談には記憶が消えていく系統の話がいくつかあるが、これはその典型ともいえる例だ。しかも完全に話が消えたワケではなく、奥さんの話は次のようなものに変わっていた。

放課後、Y子さんたちと一緒に、屋上にある壁に埋められた倉庫に肝試しにいったところ、壁からおかっぱ頭のおんなの子が顔をだし、笑ったのでみんなで逃げた。

これはいったいどういうことなのか、私にも見当がつかない。
まるでY子さんたちの話に浸蝕されて体験が改ざんされたようだと、旦那さんは青い顔をしておっしゃっていた。これらの話が本当にそのまま、旦那さんの話す通りならば、これから私はなにを信じればいいのか、もうわからない。
皆さんも胸に手をおき思いだして欲しい。

あなたは怖い体験をした記憶なんかないと断言できますか？

事象や物事を深読みするのは楽しい。しかし邪推や悪心を深読みと勘違いせず、どうか健やかで、友人たちや愛する者たちとの時間を大切に。読んでいただいた皆さま、体験談を提供してくださった皆さまにこころから感謝の意を表する。ラブ。

★読者アンケートのお願い

本書のご感想をお寄せください。アンケートをお寄せいただきました方から抽選で5名様に図書カードを差し上げます。
（締切：2024年12月31日まで）

応募フォームはこちら

深黄泉 怪談社禁忌録

2024年12月6日　初版第1刷発行

著者…………伊計 翼
デザイン・DTP …………荻窪裕司（design clopper）

発行所…………株式会社 竹書房
〒102-0075　東京都千代田区三番町８－１　三番町東急ビル６F
email：info@takeshobo.co.jp
https：//www.takeshobo.co.jp
印刷所…………中央精版印刷株式会社